Petits contes comme autrefois... ou presque

Collection dirigée par
Christian Poslaniec

ISBN : 2-86726-854-0

Gérard Hubert-Richou

Petits contes comme autrefois… ou presque

Illustrations
d'Alexia Carr

Milan

Gérard Hubert-Richou est né en 2048, à Paris, capitale terrienne aujourd'hui disparue. Héros méconnu des temps quelconques, il a écrit 25 348 chefs-d'œuvre insoupçonnés et nanani et nanana…

Qu'est-ce qui ne va pas ? Pourtant, une biographie commence toujours de cette façon ! Ah ! C'est pour la date de naissance ! On ne va pas chipoter pour un siècle. Quant aux œuvres, mes éditeurs n'ont pas osé les publier toutes. D'autant que certaines restent à écrire.

Pouf, pouf, je recommence :

Gérard Hubert-Richou est animé par trois passions et les assume, avant qu'une autre ne le dévore tout cru.

1) Il a fêté ses vingt ans d'enseignement aux échos du bicentenaire de la Révolution de 89. (Ça ira, ça ira !)

2) Comédien amateur depuis 1973, il a interprété une cinquantaine de rôles, signé vingt-six mises en scène et une vingtaine d'adaptations pour la jeunesse (inédites !).

3) Il écrit comme un malade : *Le Chapeau melon aux mille reflets* (Nathan), *Le Champignon géant* (Bayard), *Son premier souffle* (Castor poche), *Walkman, L'Épreuve des trois causses* (Zanzibar), *La Pièce montée* (Éd. Ouvrières), *CES ouvre-toi !* (Syros), *Papa se marie, maman aussi ?* (Rouge et Or), *L'Affaire de la Jéromine* (Hatier).

Il sévit dans des ateliers d'écriture et de théâtre, et compte bien persécuter la jeunesse de notre beau pays et des alentours pendant de nombreux siècles encore. Dernier détail : en tant que secrétaire général de la Charte des auteurs et illustrateurs, il est parti en croisade pour défendre les droits de la Littérature-Jeunesse. Sus à l'ennemi !

Peintre et dessinatrice autodidacte, **Alexia Carr** a vingt et un ans. Dans sa Provence natale, elle grandit entourée de tableaux et de musique : son père anglais est artiste, sa mère française est pianiste. Son enfance est enrichie par des voyages en famille. Ainsi a-t-elle la chance, à douze ans, de faire le tour du monde en découvrant Sri Lanka, l'Indonésie, la Polynésie et l'Amérique du Nord.
Elle expose ses toiles aux styles variés allant des portraits aux sujets réalistes et imaginaires... Elle a déjà à son actif une pochette de Compact Disc et de nombreuses affiches. Ce livre est son premier travail d'illustration.
La peinture rivalise avec sa passion pour la musique puisqu'elle étudie actuellement le chant lyrique et le violon au conservatoire de Toulouse. Et pour se distraire, elle est toujours prête à retrouver son ami le cheval.

PRÉAMBULE

Prenez une belle princesse, un prince charmant, un vieux roi barbu, une méchante sorcière, une merveilleuse fée, un abominable dragon, un géant quelconque et le nombre trois, couleur arc-en-ciel.

Dans un chaudron de bonne taille, mélangez le tout à l'aide d'une baguette magique.

Ajoutez une pincée de légendes, un doigt de mystère et une cuillerée de sirop du Moyen Âge.

Touillez, touillez bien fort dans le sens des aiguilles d'une montre le jour, dans le sens inverse la nuit. Changement au douzième coup de minuit.

Touillez à feu doux pendant deux cents ans... ou presque. Et si les vapeurs nauséabondes exhalées par la mixture n'ont pas tué tout le monde à sept lieues à la ronde, vous obtiendrez le plus classique des contes.

Un peu poussiéreux certes, par les cornes de Belzébuth ! mais si savoureux.

Tenez, puisqu'il est précisément question de cuisine, et pour varier les plaisirs, pourquoi ne pas modifier la recette et l'adapter au goût du jour ?

Par exemple :

Procurez-vous une VILAINE princesse et une GENTILLE sorcière.

Plongez-les dans le même chaudron. Le résultat risque d'être totalement différent, sans être indigeste pour autant...

Par ailleurs, considérez l'opinion d'un malheureux prince changé en crapaud.

Prenez un dragon qui pleure, un ogre pas très malin, des nains sans barbe et un géant qui n'en est pas un...

Ajoutez une bonne dose de sauce rigolade, une pointe d'ironie et un clin d'œil de cyclope. Indispensable.

Cuisez au four à micro-ondes pour aller plus vite, on n'a pas que ça à faire !

Et que les téméraires chevaliers et amazones des temps modernes que vous êtes tous s'arment de courage, et tournent la page du temps...

LES ROYAUMES JUMEAUX

Deux royaumes voisins se ressemblaient comme des frères jumeaux. Mieux que des jumeaux : deux moitiés d'orange.

Sans pépins !

En circulant d'un pays à l'autre, il était impossible de déceler la moindre différence : mêmes panoramas de montagnes et de plaines sillonnées de rivières, mêmes populations, mêmes fleurs, mêmes animaux.

Même tout, quoi !

Les souverains étaient de braves vieux rois barbus qui avaient toujours fait régner la paix et la prospérité chez eux, et la bonne entente entre les deux peuples. Tout allait donc pour le mieux.

Pour le mieux ?

Pas tout à fait.

Tout avait été pour le mieux jusqu'à ces derniers temps. Et tout aurait continué ainsi si les deux monarques, du même âge, ne s'étaient pas sentis tout à coup trop vieux pour régner encore de nombreuses années.

Le même jour, ils décidèrent de prendre leur retraite et de passer le relais de leur sceptre.

Alors, où était le problème ? N'avaient-ils pas des descendants pour assurer la relève ?

Si, par bonheur !

L'un avait un fils de dix-neuf ans. L'autre une fille de dix-huit. Ils étaient beaux, bien bâtis, d'intelligence normale, en bonne santé, et n'étaient pas indifférents l'un à l'autre.

Les vieux couples royaux (car les reines avaient leur mot à dire) avaient imaginé les unir pour fondre en un seul grand royaume ces deux pays frères.

Alors, qu'est-ce qui clochait ?

Eh bien, disons que le prince et la princesse avaient de tels caractères qu'il était difficile de les tenir ensemble plus de trois minutes sans risquer des étincelles. Le prince était un affreux grognon. La princesse une vraie chipie.

Quel embarras pour les deux vieux rois chenus qui avaient tout essayé pour adoucir leurs humeurs.

Ils s'étaient confiés à la gentille sorcière Bilinda. Elle avait composé tous les philtres de bonté dont sa science était capable. Aucun ne produisit d'effet. Le prince râlait de plus belle, la princesse continuait ses caprices.

On leur promit des récompenses mirifiques, puis, de guerre lasse, de les déshériter. Sans résultat. Tous les plans les plus savants avaient raté. Les plus simples aussi, d'ailleurs !

Contrariés, les rois avaient reproché à Bilinda sa trop grande tendresse.

– Pardonnez-moi, mes souverains, s'était-elle gentiment excusée. En vos royaumes ne règne que la bonté. Comment pourrais-je devenir une méchante sorcière ?

– Toutes les sorcières doivent être méchantes !

– Alors, malgré ma silhouette rabougrie, mon chapeau pointu et mon balai magique, je ne mérite pas le titre de sorcière. Je vous rends mon tablier !

– Ne dis pas de bêtises, sorcière, tu as toujours exercé ton métier avec conscience. Nous n'avons jamais eu à nous plaindre de tes services.

– Sauf sur ce douloureux problème, déplora le second roi..

Bilinda soupira.

– Il me reste bien une solution, mais...

– Mais rien du tout ! s'énervèrent-ils en chœur. Cette idée est la bonne. Parle, nous t'écoutons.

Ils se rassirent. Décidément, ils se ressemblaient beaucoup. Celui de droite serait passé sur le trône de gauche, tandis que l'autre prenait sa place, on n'y aurait vu que du feu.

– Justement, mes bons souverains, il s'agit de feu, dit la sorcière qui semblait lire dans les pensées.

– De feu ? Que veux-tu dire, Bilinda ?

Soudain inquiets, les deux monarques frémirent. Quelle horrible solution avait inventée la sorcière ?

– Ne vous tourmentez pas, mes sires. Je ne veux en aucun cas nuire à vos héritiers. Juste leur donner la leçon qui polira leur tempérament. Et le seul professeur qui sera à la hauteur de cette mission impossible est...

– Est ?...

– Le dragon Bouchafeu.

– BOUCHAFEU !

– Il paraît qu'il est terrible, s'insurgea l'un.

– On dit qu'il a dévoré des centaines de vaillants chevaliers, ajouta l'autre.

– Il crache le feu comme un volcan.

– Il terrorise nos sujets à des lieues à la ronde.

D'un geste, la sorcière stoppa la liste des griefs.

– Mes sires, un dragon est fait pour terroriser, n'est-ce pas ?

– Bien entendu. Cependant, de là à lui confier nos enfants chéris, qui n'ont, après tout, d'autre défaut que de posséder une forte personnalité.

– Ce qui n'est pas une mauvaise chose pour régner...

Voilà qu'ils faisaient volte-face !

– Majestés ! grogna la sorcière, agacée.

Les rois se turent, baissèrent le nez comme de mauvais élèves pris en flagrant délit de chahut. Après quelques secondes de silence, elle poursuivit :

– Ne tournez pas le dos à l'obstacle et répondez franchement à ma question : désirez-vous toujours les marier et leur transmettre le pouvoir ?

– Plus que jamais ! répondirent-ils dans un accord parfait.

– Alors, faites-moi confiance. Vous savez qu'ils s'aiment, mais ne pourront jamais vivre en couple harmonieux si nous ne donnons pas un coup de pouce au destin. Bouchafeu est l'allié idéal et... approchez, je dois vous confier un secret qui vous rassurera.

Les vieux rois se courbèrent pour tendre l'oreille.

– ...

– Parle plus fort, Bilinda.

– L'âge nous a durci l'oreille.

– À vos ordres, mes sires. Certes, Bouchafeu est impressionnant dans ses colères, et c'est une bonne chose. Mais dans l'intimité il est de la plus grande docilité. Donc, votre mission, si vous l'acceptez, consiste à trouver un bon prétexte pour envoyer le prince Florian et la princesse Mélinda se promener du côté de la caverne de Bouchafeu. Je me charge du reste. Êtes-vous d'accord ?

– Nous le sommes !

– Alors, plus une seconde à perdre...

*

* *

– Avancez donc, Mélinda. Si vous vous prélassez sans cesse, nous ne serons jamais de retour pour le déjeuner.

– Et si, moi, j'ai envie de cueillir des fleurs, Florian. Qui de vous ou de moi aura raison ?

– Personne, car j'irai seul.

– C'est impossible, vous le savez bien. Nous devons essayer ensemble nos anneaux nuptiaux chez cet orfèvre mystérieux qui habite si loin de nos châteaux respectifs.

– Et pourquoi ne s'est-il pas déplacé lui-même ? Nous sommes les futurs roi et reine, que je sache !

– Sans doute l'avarice de nos parents. Attendez-moi, Florian, mon bouquet est presque terminé... Oh ! et puis ces fleurs sont trop communes pour convenir à une princesse de mon rang.

Elle les jeta aux quatre vents et se tourna vers son futur époux qui grommelait dix pas en avant. Sur la pointe de ses souliers à petites poulaines, elle s'approcha pour lui bander les yeux de ses douces mains.

– Coucou ! Qui est-ce ?

– Ne faites pas l'enfant, Mélinda. Je sais bien que c'est vous puisque nous sommes seuls. Quand cesserez-vous vos enfantillages ?

– Jamais !

– J'espère que le mariage vous mettra un peu de plomb dans la cervelle.

– N'y comptez pas. La vie est trop courte pour être triste. J'espère que, pour l'amour de moi, vous deviendrez un peu plus drôle.

– Frivole !

– Grincheux !
– Cervelle d'oiseau !
– Ours grognon !

Et sur ces mots d'amour, main dans la main, ils montèrent le chemin qui conduit à la grotte de Bouchafeu.

Et oui ! le prétexte des vieux monarques était bon puisque leurs héritiers n'y avaient rien trouvé à redire.

Guère plus au fait de se déplacer à pied (« la promenade sera si belle », avait prétexté l'un des rois) et sans escorte (« le pays est en paix, vous n'avez pas besoin des regards indiscrets d'une garde royale », avait argumenté l'autre).

– Je suis las de vous haler, ma mie.

– Vous manquez d'exercice, mon ami. Portez-moi dans vos bras puissants.

– Me prenez-vous pour un lutteur de foire ?

– Nullement. Vous n'avez pas la carrure d'un athlète. D'ailleurs, ce ne sera pas nécessaire, voici la grotte.

– Pas trop tôt ! Je suis rompue. Quelle idée aussi d'habiter un tel lieu !

Ils entrèrent, tâtonnèrent dans l'obscurité.

Hou ! hou ! Maître des orfèvres, êtes-vous là ? demanda la princesse.

– Je déteste l'obscurité, ronchonna le prince.

– J'adore le noir et le mystère. J'en frissonne.

Touchez mes mains, Florian, elles sont glacées d'émotion.

– Aïe ! Vous me griffez !

– Ça fait circuler le sang, mon chéri. Que vous êtes douillet !

– J'ai horreur de ces situations ténébreuses !

– J'en raffole !

Et, pour satisfaire le prince, une violente lumière illumina un instant la grotte.

– Qu'est-ce donc ?

Bouchafeu, qui les avait épiés de loin, s'était posté à l'entrée de son antre et soufflait de superbes flammes dans leur direction.

Le prince et la princesse se précipitèrent à l'abri d'un renfoncement rocheux.

– Quelle poisse ! râla le prince. Nous avons dû nous tromper de grotte. Nous sommes tombés entre les griffes d'un dragon. C'est de votre faute. Avec votre manie de cueillir des fleurs, pour les jeter l'instant d'après, nous aurons dévié de notre route sans y prendre garde.

– Si vous étiez plus malin, vous auriez réalisé avant d'entrer que vous vous étiez fourvoyé. C'est vous l'homme, mon ami. Je ne suis qu'une fragile créature qui va hurler de frayeur d'un moment à l'autre, je le sens.

– Vous ne hurlerez pas, je déteste les cris.

– Et moi, je déteste votre esprit mesquin.

Allons, chevalier, du cran ! Pourfendez donc ce monstre si vous voulez devenir roi. Jamais un couard ne deviendra le souverain de notre royaume.

Une longue et ardente flamme interrompit la conversation : flaouuutch ! Depuis l'entrée, Bouchafeu s'amusait follement à assiéger les deux jeunes gens. « Mais attention, avait recommandé la sorcière, garde-toi bien de les roussir ! Tu finirais en salami et moi au fond d'une oubliette. »

Seulement, il n'était pas toujours facile de régler l'ampleur de son souffle d'enfer...

– Qu'attendez-vous pour défendre votre future reine ?

– Que vous soyez moins futile. Une écervelée ne sera jamais souveraine de notre royaume. (Et toc !) Que puis-je tenter ? Je n'ai que mon épée. Pas même un bouclier pour me protéger du brasier. Il me réduira en cendres avant que ma pointe ne l'effleure.

– Je ne veux pas le savoir ! Je souhaite rentrer pour le déjeuner.

– Tantôt, vous n'étiez pas pressée...

– Je le suis devenue. Au menu sont prévues des brochettes et des crêpes flambées. Je ne les manquerai à aucun prix. Il serait temps que vous trouviez une solution.

– Vous êtes insensée, mon amie. Que voulez-vous tenter contre un redoutable dragon ?

– Je n'en ai pas la moindre idée, et je m'en moque. Je m'impatiente et je vais hurler comme une sirène !

Bouchafeu se tenait les côtes tandis que le prince et la princesse ne cessaient de se chamailler.

Ainsi la journée s'écoula et la nuit tomba.

– Vous êtes un lâche ! relança la princesse.

– Allez-y donc vous-même, ça calmera votre insolence !

– Je ne suis pas un fier chevalier, moi.

– Je n'ai pas les armes requises pour ce genre de combat.

– Vous êtes un pleutre.

– Vous, une gourgandine ! Et modérez votre langage, je vous prie. On finira bien par s'inquiéter aux châteaux et on nous enverra des secours. Il n'y a aucune raison de courir des risques inutiles.

– Vous manquez de courage et d'audace, voilà tout !

– Enquiquineuse ! On ne tue pas un dragon avec une aiguille à coudre. Si vous voulez ma mort, dites-le franchement !

– Je ne vous épouserai que si vous tuez le dragon.

– Je ne vous épouserai que si vous devenez moins pimbêche.

Trois heures plus tard, ils s'écroulèrent de fatigue sur la litière du dragon, et s'endormirent dans les bras l'un de l'autre.

*
* *

Au petit jour, le prince grognon et la princesse chipie se réveillèrent tout courbaturés, tout transis, pour constater avec amertume que le fessier rebondi du dragon obstruait toujours l'entrée de la grotte, et que personne n'était venu à leur aide.

Le prince fronça les sourcils, se tourna vers sa... douce promise :

– Pensez-vous qu'on nous ait abandonnés, Mélinda ?

– Pourquoi nos parents auraient-ils fait cela ?

– Pour se débarrasser de nous, probablement.

– Je n'en comprends pas la raison.

– Je vous avoue que moi non plus.

Ah ! pour une fois, ils étaient d'accord.

Une série de flammes leur redonna un peu de chaleur, mais pas l'espoir de s'échapper.

– J'ai faim ! s'exclama Mélinda. Je veux des gâteaux aux amandes et au chocolat, un verre de jus de myrtille et un grand bol de lait chaud.

– Où voulez-vous que j'en trouve ?

– Débrouillez-vous. Un prince doit toujours satisfaire sa princesse.

– Ben voyons ! Allez donc quémander auprès du dragon. On verra ce qu'il vous répondra.

Le prince se renfrogna, s'éloigna pour tourner en rond au fond de la caverne. Il se sentait bien déprimé. Devait-il se sacrifier pour cette chipie ?

– De plus, ce lieu est sale et il empeste ! ajouta-t-elle.

Il ne répliqua pas. À quoi bon ? Elle avait réponse à tout.

Bouchafeu hoquetait de rire. Et chaque fois que sa large gueule s'entrouvrait, un jet de flammes balayait les parois de la grotte. Attention Bouchafeu ! De la retenue. Souviens-toi des consignes de la sorcière !

La princesse fit encore quelques caprices irréalisables, avant que le prince, excédé, ne dégaine son épée en hurlant :

– Ah ! je ne resterai pas une minute de plus en votre compagnie. Vous êtes insupportable.

– Mon Dieu, vous devenez fou, Florian ! Vous n'allez pas embrocher votre future épouse ? Une princesse de sang !

– Non, bien sûr, qu'alliez-vous imaginer. Je

préfère encore mourir en affrontant le dragon !

L'épée en avant, il s'élança.

Bouchafeu serra fort les mâchoires pour ne pas laisser échapper la moindre flamme, qui eût rôti comme une caille le pauvre prince grognon. Il recula d'un bond. Un mauvais coup dans l'œil est si vite arrivé. Puis il se dressa de toute sa taille et cracha un geyser de feu à vingt pieds de hauteur pour intimider le téméraire, sans risque de le carboniser comme une merguez.

De sa lame, le prince Florian faisait de grands moulinets. Il se fendait, frappait de taille et d'estoc, se démenait. Bouchafeu esquivait avec prudence.

– Il recule ! Il recule ! Taïaut ! Taïaut !

Tout d'abord sidéré par tant d'ardeur, Bouchafeu, qui n'était pas un dragon idiot, eut une idée. Une idée qui offrait une issue avantageuse pour l'histoire et la fin de sa surveillance quelque peu longuette. Il avança les crocs vers le prince, fit semblant de le happer, une fois, deux fois, trois fois. Du coin de l'œil, il vit la princesse chipie pointer son petit nez à l'entrée de la grotte, curieuse comme une fouine.

L'épée frôla le menton du dragon, lui piqua le nez entre ses naseaux fumants. Cela n'eut pas plus d'effet qu'une piqûre de moustique, tant sa peau était épaisse et élastique. Bouchafeu fit mine d'être touché, se mit à mugir lamentablement, à griffer le sol. Grimaçant, il rugit encore plus fort, tordit le cou comme s'il agonisait, et finit par s'écrouler dans un nuage de poussière, baoum !

Il s'immobilisa et retint son souffle.

Ahuri, le prince regardait alternativement son épée et l'énorme corps du monstre terrassé.

– C'est moi qui ai tué le dragon ? s'étonna-t-il. Et sans verser la moindre goutte de sang ? Aurais-je touché un point vital ?

Mélinda, fascinée par cet exploit sans précédent, se jeta au cou de son sauveur.

– Oh ! mon prince, comme vous êtes vaillant ! Comme vous êtes joli, comme vous me semblez beau. Sans mentir, si votre héritage est à l'image de votre courage, nous allons faire un beau mariage. Je me suis méprise sur votre compte. Je vous aime. Je vous jure que plus jamais je ne ferai le moindre caprice, pourvu que vous consentiez toujours à me prendre pour femme.

Le prince sortit de son éblouissement. Il avait tué le dragon et Mélinda l'adorait. Que pouvait-il espérer de mieux pour retrouver le moral et devenir un peu moins bougon ? « Si votre héritage est à l'image de votre courage... »

À ces mots, Florian ne se sentit plus de joie,

il se redressa, s'ouvrit d'un large sourire et dit :

– Ma tendre chérie, nous devons trouver, je le crains, un autre orfèvre pour nos anneaux de mariage ; celui-ci a fermé boutique, définitivement. D'ailleurs, je me demande s'il nous aurait fondu des alliances ou des cerceaux.

L'air modeste, il rengaina son épée.

– Et je fixe nos noces à la semaine prochaine.

– Je vous aime, Florian !

– Moi aussi Mélinda.

Ils s'enlacèrent sauvagement et s'embrassèrent. Il ne manquait qu'une musique solennelle.

Puis, main dans la main, ils descendirent la colline pour annoncer toutes ces bonnes nouvelles aux vieux souverains qui devaient se morfondre dans leurs châteaux.

*

* *

Bouchafeu attendit de ne plus entendre le crissement de leurs pas pour ouvrir un œil amusé. Ils s'éloignaient, si serrés l'un contre l'autre qu'il aurait été bien difficile de glisser un cheveu entre eux deux. Et cela durait depuis plus de trois minutes ! « Mission accomplie », se dit le dragon, en poussant un soupir de soulagement qui coucha les arbustes sur près d'une lieue et demie.

LE CRAPAUD

Non loin des douves du château de leur seigneur et père, deux belles, jeunes et guillerettes princesses chassaient les papillons.

– Regardez celui-ci, comme il est beau avec ses ailes fauves !

– Et cet autre aux reflets nacrés !

Insouciantes et heureuses, elles poursuivirent encore un machaon superbe, qui s'envola bien haut pour leur échapper.

Puis, lasses de ces courses folles dans la campagne, elles vinrent s'asseoir au bord d'une mare, sur un banc de pierre moussue, et bancal. De leurs délicats mouchoirs, trempés entre deux nénuphars, elles se rafraîchirent le visage.

– Chère Luciale ! Quel temps magnifique pour ce printemps précoce !

– Chère Lucinde, comme je suis heureuse d'être à vos côtés !

– Côôôa !... Côôôa !...

Elles se regardèrent et sourirent.

– Serait-ce une charmante petite grenouille qui nous chanterait l'aubade ?

– Oh ! Comme j'aimerais toucher une mignonne rainette toute verte, avec de grands yeux noirs innocents ! Où est-elle ? Je la veux voir !

– Ces herbes, près des ajoncs, ont remué !

– Approchons-nous en silence...

Sans prendre garde à leurs atours de qualité, elles s'agenouillèrent dans l'herbe et découvrirent...

– Aaaaah ! Quelle horreur !

– Au secours ! Hiiiiiii ! Quel abominable crapaud !

Et, soulevant robes et dentelles, jupons et rubans, elles s'enfuirent à toutes jambes en direction du château, abandonnant leurs filets, leurs papillons et leurs jolis mouchoirs.

Hiiiiiiiiiii !

*

* *

Côôôa !... Côôôa !...

Oui, c'est moi.

Cet horrible crapaud baveux, aux yeux énormes et glauques, au dos tout boutonneux, à la mine antipathique, que ces belles princesses ont découvert, c'est moi.

Côôôa !...

Croyez-vous que c'est drôle !

Côôôa !... Côôôa !...

Que je vous rassure sur-le-champ : vous ne m'observez pas là dans mon état naturel. Je n'ai pas toujours été cet abominable batracien.

Autrefois, j'étais un prince.

Un prince, ma foi, assez charmant, à ce qu'on disait. Comme il arrive assez souvent pour les princes de notre rang.

Un prince normal, quoi.

Et puis, un vilain jour, ou plutôt un mauvais soir, tandis que je revenais de chasser le sanglier, une sorcière m'est apparue au détour d'un arbre mort.

– Holà ! Que veux-tu, vieillarde ? Que je te fasse la charité ? lui ai-je demandé courtoisement.

– Je n'ai pas besoin de ton or, godelureau, répondit-elle méchamment. Je suis plus puissante que toi.

Mon sang bleu princier ne fit qu'un tour :

– Sais-tu bien qui je suis pour oser me parler sur ce ton ?

– Et toi, sais-tu de quoi je suis capable pour me barrer ainsi le passage ?

De réplique en réplique, le ton est monté. Sans doute ai-je eu tort de lui adresser des propos désagréables en réponse à ses provocations. En deux coups de baguette magique, elle me transforma en ce répugnant crapaud.

Côôôa !... Côôôa !...

Oui, ce lamentable animal baveux, c'est moi, le prince Armand.

Depuis, je hante les douves du château et les mares avoisinantes. Chaque fois que je le peux, je m'approche discrètement d'une princesse, dans l'espoir qu'elle me reconnaisse et me fasse la bise, bise délicate qui romprait le terrible charme.

Mais dès qu'elles m'aperçoivent, elles hurlent et s'enfuient à toutes jambes, avant que j'aie pu placer un mot. Si encore je pouvais m'exprimer, elles comprendraient aisément que je suis un véritable prince ensorcelé, prisonnier dans le corps d'une bestiole immonde.

Je me dégoûte moi-même, tiens.

Voilà des mois, et peut-être des années, que je me débats dans cet état épouvantable. N'y a-t-il pas une princesse de sang qui ait pitié de moi ?

Mon père est un riche seigneur, il saura la récompenser. Et, s'il le faut, j'irai jusqu'à l'épouser. Même si elle n'est pas très belle ni très riche. Enfin... jusqu'à une certaine limite.

Côôôa !... Côôôa !...

Plouf ! Le vilain crapaud plongea dans la mare.

*
* *

Du sommet d'un arbre voisin, une noire corneille l'avait repéré, et la gourmande en eût fait volontiers son goûter.

Pauvre prince envoûté ! Comment pourrait-il se libérer de ce sortilège ?

N'y a-t-il, de par le monde, princesse qui veuille l'embrasser ?

Point de réponse pour ce désespéré.

*
* *

Côôôa !... Côôôa !... Côôôa !...

Oui, je suis là, à l'abri de ce blanc nénuphar, au milieu de la mare, et j'en ai vraiment marre ! Qui osera se jeter au secours d'un malheureux crapaud déprimé ?

Toujours pas de réponse.

Oh ! Voici venir un groupe de jeunes gens, gais et pimpants.

Préparons-nous à les accueillir. Il y aura peut-être parmi eux la princesse de mon cœur qui saura distinguer, sous cet épouvantable déguisement, le prince que je n'ai jamais cessé d'être.

Ils jouent, ils dansent, ils s'amusent. Ils sont merveilleux et beaux (comme j'étais autrefois). Attendons le moment propice pour paraître.

Ils approchent !

– Côa ! Côa !...

– Qu'est-ce donc ? Ce n'est pas moi qui ai coassé de la sorte ! Ai-je bien entendu une voix fluette ? Y aurait-il un second crapaud hideux dans cette histoire ? Qui ose me déranger au moment fatidique ?

– Côa ! Côa !...

En roulant des épaules, notre crapaud s'approcha de l'autre, plus petit de corpulence et moins laid. Il faut l'avouer. D'autant qu'il s'agissait d'un crapaud femelle. (Dit-on crapaude ?)

Mais notre prince ex-charmant n'avait que faire d'une crapaude épouvantable. C'est une princesse qu'il lui fallait. Hé ! Ho ! Attendez !...

Pendant ce temps, les jeunes gens s'étaient éloignés.

Crapaud n° 1 (pour bien le nommer) se mit en colère contre sa consœur de rencontre :

– Vois ce dont tu es la cause, infâme créature ! Tu as chassé la princesse de ma vie !

– La princesse de ta vie ? Mais mon pauvre ami, tout comme moi, tu n'es qu'un crapaud, un vilain crapaud...

– Merci du compliment.

– Oh ! pardonne-moi, pauvre crapaud. Je m'exprimais comme un humain. Pour être sincère, de près, tu n'es pas si horrible que ça.

Crapaud n° 1 aurait haussé les sourcils s'il en avait eu d'aussi longs et d'aussi beaux que crapaud n° 2 (puisqu'on ne dit malheureusement pas crapaude). Celle-ci reprit :

– Tu es fort et beau, mon joli crapaud.

– Il ne faut rien exagérer.

Il rougit sous les pustules de son horrible peau.

– Heu... Vous le pensez vraiment ?

– Et, fichtre ! je dois avouer, en rosissant un peu, que je te volerais bien un baiser.

– Un baiser de crapaude ? Vous n'y songez pas !

Sournoisement, elle s'était approchée.

– Je sens que sous cette peau disgracieuse bat un cœur généreux, coassa-t-elle avec tendresse.

Crapaud n° 1 bondit en arrière.

– Holà ! Holà ! Ma laide. N'approchez point ou je crie à la garde !

– Un tout petit baiser, fit l'autre, en papillotant des cils qu'elle avait fort gracieux.

– Que nenni !

– Ne vous défendez point ! Vous êtes magnifique et je vous déclare ma flamme. Ne la repoussez pas.

– Je ne suis point celui que vous croyez.

– Oh ! que si, mon cher prince. Embrassez-moi.

Surpris, il fit un nouveau bond en arrière mais, dans son repli stratégique, heurta la racine d'un gros chêne et bascula les quatre pattes en l'air.

– Un baiser, je vous prie.

– Point du tout.

Crapaud n° 2 sauta sur crapaud n° 1 et plaqua un vorace baiser en plein sur sa large bouche de crapaud.

FLAAAOOUUUUF !

Un grand souffle enveloppa les deux crapauds enlacés. Et... le souffle devint cyclone. Cyclone qui tournoya à vive allure, siffla, gronda, rugit et fit bien d'autres bruits. Puis il se calma pour déposer délicatement au sol un jeune prince charmant et une sublime princesse.

Le charme était rompu !

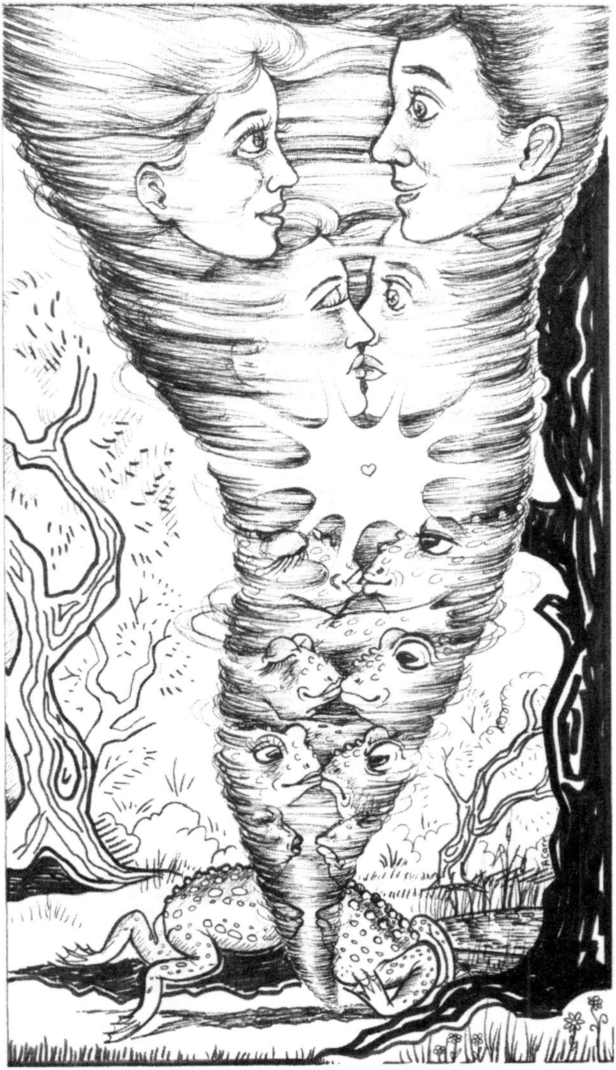

*
* *

Eh oui. Crapaud n° 2 était une princesse !

La princesse Hildegarde Havoux, elle aussi transformée en crapaud par la même méchante sorcière à qui on arrivera bien un jour à faire la peau (saleté, va !). Ils s'embrassèrent pour de vrai, car ils s'aimaient déjà, et auront bien plus tard on ne sait pas combien d'enfants.

Mais pour l'heure, que remarqua la princesse non loin du banc moussu et bancal ?

– Oh, mon prince Armand ! Regardez. Un abominable crapaud semblable à ce que nous étions.

– Vous avez raison, ma princesse. Notre devoir nous commande de lui faire la bise.

Ce qu'ils firent.

Mais ce crapaud pustuleux (pouah !) n'était qu'un vulgaire crapaud qui ne subit aucune métamorphose. Et le lendemain, le prince Armand et la princesse Hildegarde avaient le visage tout couvert de gros boutons rouges.

COMMENT FAIRE LA PEAU D'UNE SORCIÈRE

Sacra-Manta était la dernière sorcière du royaume. Une véritable saleté qui sévissait dès la montée de la lune.

Une sorcière tout ce qu'il y a de classique avec un nez crochu, un menton crochu (dans l'autre sens), des cheveux de paille, des yeux de braise, une robe noire, un chapeau pointu, un rire sardonique et un balai magique.

Un véritable épouvantail de sorcière qui terrorisait toute la population... ou presque.

Dès qu'un individu lui déplaisait, elle lui jetait un sort, le transformait en n'importe quoi, ce qui lui passait par la tête.

Ce pouvait être une citrouille, une courgette, un pin's de crapaud, une moulinette, un sèche-cheveux ou une planche à voile...

Comme elle détestait tout le monde, voyez le résultat !

Dès qu'elle sortait de son horrible masure, tapie dans une clairière de la sinistre forêt de Brumeland, chacun se cachait où il pouvait. Alors sa rage augmentait encore, et elle se vengeait sur le malheureux étourdi ou le premier chien errant qu'elle rencontrait.

Tout le monde était donc d'accord pour se débarrasser de l'affreuse Sacra-Manta. Mais comment s'y prendre ?

Elle possédait des pouvoirs magiques si puissants qu'ils interdisaient au commun des mortels, fût-il roi, de la combattre avec efficacité.

On avait donc réuni le conseil des ministres autour de Sa Majesté Florian Ier, conseil qui décida d'inviter tous les magiciens, toutes les fées, connus de par le royaume.

On attendit alors les réponses par retour du courrier.

Personne ne répondit à l'invitation !

Le roi convoqua à nouveau le conseil des ministres qui choisit de s'adresser aux sorciers et sorcières à peu près fréquentables, sévissant dans le royaume. On attendit la réponse.

Eh bien, tous déclinèrent l'invitation !

L'affaire était plus grave qu'on ne l'imaginait. Alors Florian Ier rassembla une troisième et dernière fois son conseil. Il fallait trouver à tout prix une solution à ce terrible fléau qui poursuivait ses ravages.

– Nous allons lui envoyer l'armée ! déclara le ministre de la Guerre en tapant du poing sur la table. Deux cents cavaliers, l'infanterie, l'artillerie, cinq cents hommes, les machines de guerre, les...

– Elle l'anéantira, trancha le roi. Et nous n'aurons plus personne pour protéger le royaume. Les pouvoirs de Sacra-Manta sont trop forts. Je refuse cette solution.

– Nous devons utiliser les mêmes armes qu'elle, Majesté.

– Seulement, tous ceux qui détiennent des pouvoirs surnaturels ont déclaré forfait, mon cher ministre de la Gourmandise.

– Dans ce cas, trouvons quelqu'un sur qui la magie de la sorcière ne produira aucun effet.

– Bien raisonné. Vous pensez à quelqu'un en particulier, monsieur le ministre des Vacances ?

– Sire, je pense aux sept nains qui vivent en toute tranquillité dans la même forêt que la sorcière.

– Voilà une excellente idée, s'exclama Florian Ier. Comment n'y avons-nous pas songé plus tôt ? Je vous charge de leur faire accepter cette mission. Le sort du pays est entre leurs mains. Messeigneurs, la séance est levée.

*
* *

Attention ! Ces sept nains ne sont pas ceux que l'on imagine. Ceux dont il est question sont des nains sans barbe, sans costume ridicule, sans nom idiot. Ce sont des nains ordinaires... ou presque.

Ils s'appellent Roger, Oscar, Jason, Vance, Bertrand, Isidore et Vaillant. Et ils sont vêtus (dans cet ordre) de rouge, orange, jaune, vert, bleu, indigo et violet.

Oui, les sept couleurs de l'arc-en-ciel !

Et chacun sait que les sept couleurs de l'arc-en-ciel associées forment la lumière blanche du jour.

C'est de cette manière qu'ils parviennent à se protéger de la magie de la méchante sorcière. C'était simple, mais il fallait y penser. L'arc-en-ciel magique les préserve des maléfices et leur permet de travailler en toute sérénité.

Le ministre des Vacances se rendit dans leur adorable maison, à l'est de la forêt. Il les trouva en train de jouer de la musique. Il leur exposa la situation, qu'ils n'ignoraient pas d'ailleurs, et leur demanda leur aide. Refuser était bien difficile. Ils acceptèrent donc.

Tout joyeux, le ministre sauta sur sa Buffalo 900 SX, la cabra sur la roue arrière, puis fonça pour rapporter au plus tôt la bonne nouvelle à Sa Majesté.

*

* *

– Dès ce soir, je m'en charge, dit l'aîné, le nain rouge. J'ai trouvé un moyen infaillible.

Dans leur atelier, il choisit une petite scie électrique à piles et, avant la tombée du jour, partit en direction de la tanière de Sacra-Manta.

Il revint à la lune montante, le sourire aux lèvres.

– Voilà qui est fait. Il n'y a plus qu'à patienter une heure ou deux pour admirer le résultat de mon sabotage.

– Peut-on savoir ce que tu as bricolé ? demanda l'un de ses compagnons.

– J'ai tout simplement scié aux trois quarts le balai volant de cette vieille carne. Ça n'a pas été facile – il est en carbure de tungstène –, mais j'ai réussi. Postons-nous aux fenêtres, nous ne tarderons pas à la voir, comme chaque soir, s'élever en ricanant vers le croissant de lune.

Ils s'accoudèrent aux sept fenêtres que comptait leur petite maison et, tout en devisant de l'une à l'autre, ils scrutèrent le ciel étoilé.

– La voilà ! fit le cadet. Sa sinistre silhouette se détache au-dessus des cimes. Regardez, elle s'élève sur votre gauche !

Un craquement non moins sinistre répondit à leur attente et ils virent l'extrémité du balai se détacher et tomber tout droit.

La sorcière resta une fraction de seconde en équilibre sur son bout de manche, puis amorça un superbe piqué à la verticale.

Hourra !

– Elle va s'éclater au sol.

– S'écrabouiller comme une galette.

– S'éparpiller en dix mille morceaux.

– Ooooh ! s'exclamèrent-ils en chœur. Déçus.

La sorcière avait plus d'un tour dans son sac, et dans sa baguette magique qu'elle avait agitée, pour faire repousser instantanément la partie manquante de son engin volant.

Juste avant de se crasher, elle amorça une remontée, fit trois arabesques dans le ciel, en ricanant sauvagement.

Puis elle disparut derrière la lune.

*
* *

– Aujourd'hui, c'est à moi d'agir, fit le deuxième, le nain orange. J'ai un plan imparable.

Avant la tombée du jour, il partit, les mains vides, en direction de la bicoque de Sacra-Manta, à une demi-heure de marche, pour des jambes de nain. Il revint à la lune montante, un peu fatigué, mais souriant.

– Si elle s'en sort vivante, c'est que sa magie n'est pas aussi puissante qu'il y paraît.

– Peut-on savoir ce que tu as imaginé ? demanda l'un des six autres compagnons.

– J'ai tout bonnement mélangé ses propres potions magiques, toutes celles dont l'étiquette présentait une tête de mort. Et j'en ai arrosé la soupe qui mijotait dans un chaudron, ma foi bien crasseux. Installons-nous aux fenêtres, mais je crains que notre attente soit vaine. Ce soir, nous ne la verrons pas.

Ils s'accoudèrent donc comme la veille tout en parlant du travail qu'il leur restait à accomplir, le lendemain, dans la forêt. Tous les sept étaient gardes forestiers.

– Ooohhh ! s'exclamèrent-ils bientôt de déception.

La sorcière venait de prendre son envol.

Elle traçait des lettres de fumée dans le ciel, qui composèrent le mot RATÉ. Oui, elle avait trouvé une mystérieuse parade, c'était encore raté...

– Ça ne fait rien, dit le nain jaune. Demain, c'est moi qui tenterai ma chance. Et croyez-moi, cette fois-ci, elle n'en sortira pas vivante.

*
* *

Tout le monde sait que le nain jaune est le fou du roi. C'est lui qui raconte des histoires drôles, jongle et fait des blagues pour amuser Sa Majesté et la cour.

Le nain jaune avait une idée en béton !

Il partit, convaincu de son art, avant la tombée du jour, en direction de la cabane de Sacra-Manta. Et revint, tête basse, après le décollage de la Carabosse, à la lune montante.

– Eh bien, qu'as-tu donc tenté et qui a échoué ? lui demandèrent ses compagnons.

Le nain jaune se laissa choir sur un banc avant de répondre.

– Mes amis, la sorcière est plus coriace que j'imaginais.

– Quel était donc ton stratagème ?

– J'ai compté sur mon don naturel de la rigolade qui fait se plier en deux tous ceux qui assistent à mes numéros de fou du roi. J'ai sorti le grand jeu pour la faire mourir de rire... Et c'est encore raté !

– Ne te désole pas, dit le nain Vance. Nous finirons bien par l'anéantir. Demain, je m'y colle. Ma couleur verte est celle de l'espérance. Croyez-moi, mes amis, elle va souffrir à mort !

*

* *

Vance aspergea Sacra-Manta d'un insecticide superpuissant dont les nains se servaient pour soigner les arbres.

Sans résultat.

Le lendemain, le nain bleu fit sa tentative, puis le nain indigo le lundi. Échec total.

Alors le nain Vaillant rassembla tout le monde autour de la table et d'un grand plat de charcuteries savoureuses, car il ne fallait pas se laisser abattre.

– Mes amis, dit-il, nous nous y sommes mal pris. J'ai beaucoup réfléchi pendant vos divers essais. Nous sommes sept, un nombre magique qui nous protège de la sorcière, et nous n'utilisons pas cet avantage unique. Peux-tu me passer le salami, Isidore, je te prie... merci. Établissons une stratégie collective.

– Bravo ! lança Roger après avoir vidé sa bouche. Tu as parfaitement raison, notre union viendra à bout de Sacra-Manta. Elle doit bien avoir un point faible, non ?

– Certainement, mais lequel ?

Le silence s'établit. Ils se concentrèrent, si bien qu'ils en oublièrent de manger.

Comment pouvaient-ils utiliser le nombre sept contre la sorcière ?

– Récapitulons les cas semblables connus dans les grands classiques de la magie. Espérons que cela orientera nos recherches.

– Dans *Le Magicien d'Oz*, la méchante sorcière de l'Est est écrasée par la maison de Dorothée, transportée par un cyclone. Malheureusement, il n'y a jamais eu de cyclone dans la région.

– Celle de l'Ouest se dissout lorsque le Bûcheron en fer blanc l'asperge d'un seau d'eau, par inadvertance.

– Dans *Blanche Neige*, n'est-ce pas la foudre qui réduit à néant la vieille sorcière ?

– Tout à fait. La Sorcière Blanche de *L'Armoire magique* est tuée par la magie du lion Aslan, plus ancienne que la sienne.

– Tout cela est encourageant, mes amis.

D'autres ont réussi à se débarrasser de leurs sorcières. Comment notre alliance peut-elle vaincre cette abominable mégère ? Quelle est sa faiblesse ?

– L'eau, le feu, une magie supérieure...

Rien de tout cela. Ils se creusèrent la tête.

– J'ai trouvé !

Vaillant avait bondi sur ses courtes jambes de nain, et dansait de joie autour de la table.

– J'ai trouvé ! J'ai trouvé !

– Explique-nous vite.

– D'accord. Combien sommes-nous ?

– Sept, évidemment.

– Qu'avons-nous fait ces derniers soirs ?

– Nous nous sommes installés à nos fenêtres pour déplorer nos échecs successifs.

– Combien la chaumière de la vieille comporte-t-elle d'ouvertures ?

– Heu...

Ils réfléchirent, dénombrèrent les issues : la porte d'entrée, celle de la cave, le soupirail, la lucarne et deux fenêtres...

Ce qui ne faisait que six !

– Mais non, mes compères, reprit Vaillant, euphorique. Il y en a SEPT ! Vous oubliez la cheminée ! Nous tenons une partie de la solution. Chacun se postera à une issue, muni de l'arme qui permettra d'anéantir la sorcière.

– Une arme, mais quelle arme ? Nous n'en possédons aucune.

Le nain violet, qui était décidément très en forme ce soir-là, poursuivit :

– En fait, ce n'est pas l'arme qui est essentielle, mais le projectile, puisque nos sept tirs doivent converger vers un objectif unique : Sacra-Manta.

– Ton raisonnement est bien compliqué, observa Jason.

– Pas du tout ! Imagine que nous tenions chacun un tuyau d'arrosage. Nous viserions tous la sorcière.

– Voilà donc ce qu'il nous reste à découvrir : l'élément qui détruira Sacra-Manta.

De nouveau le silence fut le seul maître dans la maison.

Ils se taillèrent quelques tranches de saucisson et de jambon.

Pas l'eau, pas le feu. Pas le rire ni la magie, puisqu'ils n'étaient pas magiciens. Pas des cailloux, ce serait trop facile... Des bulles de savon... Des mauvaises odeurs, elle en raffole... Les parfums... trop doux.

À quoi la sorcière serait-elle ALLERGIQUE, au point d'en perdre la vie ?

– J'ai trouvé ! J'ai trouvé !

Cette fois, c'était Isidore qui bondissait de

joie autour de la table. Mais dans l'autre sens.

– Mes amis, j'ai trouvé ! Qui plus est, nous possédons les armes et nous savons nous en servir.

Six regards étonnés se concentrèrent sur lui.

– Réfléchissez. Que déteste la sorcière ?

– Notre musique moderne, bien sûr !

– Exactement. Et nous avons tous nos instruments puisque nous jouons ensemble pendant les longues soirées d'hiver.

– Génial ! Nous allons lui faire danser une gigue endiablée !

– Excellente idée. Tous à vos instruments. Répétition générale dans une minute. Ce soir, c'est l'hallali !

Ils se dispersèrent en riant, en criant, en chantant, en sifflant...

Etc.

*

* *

Avant la tombée du jour, ils s'élancèrent sur la pointe des pieds, en file indienne, leur instrument sous le bras, dans la direction de l'antre de la méchante sorcière, et déroulant derrière eux un câble électrique.

Ils étaient certains de l'infaillibilité de leur

plan, mais... on ne sait jamais quel grain de sable pouvait se glisser dans la machine. Si bien qu'ils n'avaient pas besoin de batterie pour les accompagner. Leurs sept cœurs battaient suffisamment fort la mesure.

Roger marchait en tête, avec sa trompette et le matériel sono sur une brouette.

Oscar le suivait de près, portant sa guitare basse, talonné par Jason serrant son violon électrique. Puis venaient Vance et son synthé polyphonique, Bertrand avec sa guitare solo, Isidore et son trombone à coulisse. Vaillant fermait la marche avec son saxo ténor.

À la montée de la pleine lune, ils arrivèrent aux abords de la sinistre clairière.

Ils se glissèrent chacun vers l'ouverture qui leur avait été désignée.

Le plus délicat était pour Vaillant et Isidore, chargés de grimper sur le toit.

Tous tendirent l'oreille.

La sorcière était à l'intérieur.

Elle discourait avec sa vieille chouette déplumée, qui lui répondait par de mornes hooouuhou...

Quand ils furent tous en place, Roger frappa à la porte.

– Attention, tous ensemble, une, deux, trois et...

La porte s'ouvrit sur une Sacra-Manta en colère d'être dérangée en pleine préparation de nuit maléfique. Roger ne lui laissa pas le temps de réagir.

– Quatre !

Il souffla de toutes ses forces dans sa trompette un « la » superbe qui donna le ton aux six autres.

Aussitôt, ceux qui étaient aux fenêtres, d'un coup de bâton, brisèrent les vitres et, dans la mesure suivante, tous entamèrent un rock super hard, à décoiffer un balai-brosse.

La sorcière hurla, se boucha les oreilles et battit en retraite.

Elle voulut claquer la porte, mais le pied de Roger la coinça.

Elle bondit sur l'échelle de meunier qui conduisait au grenier.

De là-haut, Isidore soufflait de toutes ses forces dans son trombone.

Elle dégringola à la cave. Par le soupirail et par le judas de la porte, elle reçut en pleine figure les accords conjugués de la guitare solo et du synthé.

À demi-folle, les cheveux dressés sur la tête, elle se rua dans la pièce principale emplie d'une musique décapante à laquelle on ne saurait résister. Elle voulut se jeter sur sa baguette magique,

mais celle-ci se tortillait comme un tire-bouchon !

Alors, harcelée de toutes parts, soûlée par les décibels, bousculée, assommée par 5 000 watts de sons distordus, elle tourbillonna sur place comme une toupie.

Si vite, si vite que les traits de son visage s'estompèrent. Si vite que bientôt il n'y eut plus qu'une fumée jaunâtre au milieu de la robe noire qui tournoya toute seule encore un moment, avant de s'affaisser et de se répandre sur le sol de terre battue.

Sacra-Manta était morte, volatilisée par la musique moderne !

Il n'en restait rien.

Pas même sa dernière dent bancale.

Les nains, saisis par l'ambiance et fous de joie, ne s'arrêtèrent pas de jouer. Ils enchaînèrent tout leur répertoire rock, blues, rap, etc., avec toute la puissance des amplis. La musique submergea la forêt et alerta les plus proches voisins, leur signifiant qu'il se passait quelque chose d'exceptionnel ce soir-là.

Les premiers curieux arrivèrent prudemment. La nouvelle se répandit plus vite qu'un feu de forêt.

On prévint les amis, les parents, le roi, la reine et toute la cour. On accourut de tous les coins de la province pour fêter la mort de la sorcière.

Et comme il faisait frisquet et un peu noir malgré la pleine lune, on mit le feu à la maison de la sorcière.

Et on dansa, et on rit toute la nuit sur les airs endiablés des sept nains victorieux.

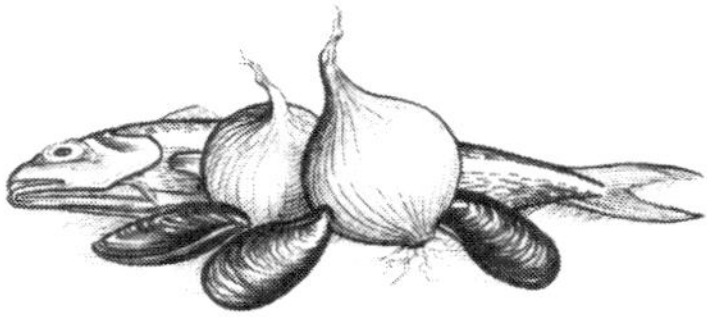

LE DRAGON QUI PLEURAIT SANS CESSE

– Comme je suis triste ! Comme je suis malheureux ! se lamentait un pauvre dragon bleu, oui bleu, aux yeux tout rouges.

Et il pleurait, et il pleurait.

Les larmes ruisselaient sur ses joues, inondaient les alentours.

Alors, à force de pleurer, il finissait par avoir très soif, évidemment. Dix fois par jour, vingt fois peut-être, il descendait à la rivière, y plongeait la tête pendant sept bonnes minutes. D'abord pour désaltérer son gigantesque corps, car le dragon était de bonne taille. Ensuite pour calmer l'irritation de ses yeux.

Boire lui donnait faim. C'est logique. Il grignotait un peu, du bout de ses longs crocs, mais aussitôt se remettait à pleurer.

Qu'est-ce qui rendait le dragon si triste, au point de passer ses journées à sangloter ?

Il ne se souvenait plus de la raison qui avait motivé sa première larme.

C'était venu comme ça, sans qu'il y prenne garde, sans raison particulière.

Cette larme avait tracé le chemin à la deuxième et aux suivantes, jusqu'à ce que deux ruisseaux coulent en permanence de ses gros yeux rougis.

Ce qui l'avait rendu si triste, par la suite, c'est que toute cette eau versée et celle bue en compensation éteignaient en lui les flammes que tout bon dragon digne de ce nom devait souffler.

Plus de beaux geysers de feu pour repousser les indiscrets et décourager les téméraires qui envahissaient à présent son territoire. Plus la moindre petite flammèche.

Tout cela le désespérait, et il pleurait.

Alors, les curieux, attirés par ce phénomène inhabituel, accouraient de toutes les provinces du royaume, campaient jusque dans sa caverne ! Jusque sur sa propre litière !

Car tous pensaient : « Où il y a un dragon, il y a un trésor caché. Personne n'ignore que la mis-

sion des dragons est de garder les trésors enfouis. Donc, cherchons ! »

Ils se trompaient ! Il n'y avait jamais eu de trésor à cent lieues à la ronde. Cependant, ils creusaient, retournaient le terrain, fouillaient et refouillaient.

Et le dragon n'avait plus la force ni le cœur de les chasser. Au début, il avait bien tenté de les effrayer en poussant des cris horribles. Mais un dragon qui ne crache plus de flammes n'impressionne personne.

*
* *

Que faire ? Que faire ?

Misère.

Parmi ces visiteurs, il y avait bien quelques braves gens... ou presque, pour le conseiller :

– Moi, à votre place, je mangerais des livres et des livres de piment rouge. C'est radical.

– Vous devriez, cher dragon, avaler quelques pierres à feu qui, en s'entrechoquant...

– À mon avis, un bon baril d'huile bouillante, chaque matin, ou un grand seau de bonnes braises rougeoyantes vous guériraient bientôt.

– Un petit pèlerinage sur les bords du volcan Badaboum serait peut-être salutaire.

– Moi, mon p'tit gars, je serais toi, je me ferais greffer un chalumeau dans le gosier... Un service en valant un autre, on se partage le trésor, moitié-moitié ?

Mais tous ces bons et moins bons conseils n'inspiraient pas le dragon, qui pleurait et pleurait de plus belle. Il avait consulté la sorcière Bilinda. Elle lui avait fait avaler d'horribles potions. Il avait vomi toute une nuit, sans autre résultat.

Il avait consulté un magicien dont les coups de baguette magique lui avaient donné une horrible migraine. Et c'est tout !

Un jour, un jeune garçon, qui l'observait de loin depuis un long moment, s'approcha à distance respectable.

– Bonjour, malheureux dragon.

– Bon...jour, sniff, répondit le gros animal par simple politesse, car ses parents l'avaient éduqué dans le respect d'autrui et les bonnes manières.

– Je m'appelle Djoy. Pourquoi es-tu si triste, gros dragon ?

– Je ne sais pas...

– Tiens, prends mon mouchoir et essuie tes larmes de crocodile.

– Merci.

Pour faire plaisir à Djoy, qui était le premier à

s'intéresser à lui de façon... désintéressée, le dragon se tamponna le bord des yeux avec le petit mouchoir qu'il détrempa aussitôt.

– Comment t'appelles-tu ? reprit le garçon.

– Dragon.

– Dragon comment ?

– Dragon tout court.

– Ah ! bon... Eh bien, si tu permets, je t'appellerai... Dragon Brasero.

– Pourquoi ce nom qui évoque le feu ? C'est pour te moquer de moi parce que je ne crache plus de flammes ? Tu n'es pas gentil.

Le garçon haussa les épaules, plissa ses yeux malins.

– Tu te trompes ! Je te nomme ainsi parce que, dès que tu m'auras écouté, tu mériteras ce titre.

– Serais-tu magicien ?

– Pas du tout. Ni elfe, ni chercheur de trésor. Mes copains possèdent des chats, des chiens, moi je suis seul. Je veux être ton ami.

Le dragon sourit... Oui, IL SOURIT !

Derrière le rideau de ses larmes, il sourit. Cela ne lui était plus arrivé depuis longtemps. Ce souvenir le fit larmoyer un peu plus fort et il vira au bleu foncé.

– Tu es mignon, Djoy, mais je ne comprends pas où tu veux en venir. Des conseils, j'en ai eu tant et plus. Aucun ne m'a guéri. Je suis un malade incurable, voilà l'évidence.

Djoy secoua énergiquement la tête et flatta la patte du monstre, comme on caresse la tête de son chien fidèle.

– Tu es un malade imaginaire, je peux te l'assurer.

– Cesse de me tourmenter, je ne voudrais pas être obligé de te faire du mal.

– Je ne te crains pas. D'ailleurs, tu es incapable d'une mauvaise action. Voilà pourquoi tu n'es le gardien d'aucun trésor. Je t'observe depuis longtemps, Brasero. Tu pleures, tu pleures, tu bois à la rivière, tu manges un peu et tu pleures à nouveau.. Tu ne trouves pas cela étrange ?

Ce fut au dragon de hausser ses immenses épaules.

– Manger et boire, il n'y a rien de plus naturel. Si je n'avais pas envie sans cesse de pleurer, je serais le plus heureux des dragons.

– Crois-tu normal de pleurer dès que tu as mangé ?

– Et alors ? demanda le dragon, qui comprenait de moins en moins le discours que lui tenait ce garçon.

– Alors ? Je connais l'origine de ton mal et je peux te guérir.

Le dragon éclata de rire.

OUI, IL ÉCLATA DE RIRE !

Puis, réalisant que cela ne lui était pas arrivé depuis très longtemps et que ça risquait de ne plus se reproduire de sitôt, il recommença à chialer comme une fontaine !

Djoy s'impatienta :

– Dis donc, Brasero le dragon ! J'aimerais que tu sois plus attentif et moins geignard. C'est indigne d'un dragon.

Le dragon eut honte soudain de son attitude, et de recevoir une leçon d'un petit bonhomme pas plus haut que le bout de sa patte griffue.

Il renifla un grand coup, ce qui décoiffa tout un bosquet de myrtilles sauvages. Il essora encore quelques larmes qui arrosèrent copieusement ce même bosquet déplumé, et il promit :

– Je vais faire un gros effort, Djoy. Parle, je t'écoute. Mais si tu m'as menti, ma vengeance sera terrible.

– Ne dis pas de bêtises.

Djoy le regarda droit dans les yeux... ou presque, l'animal était si grand et son cou si long...

– La solution est élémentaire, mon cher dragon. Sais-tu seulement ce que tu manges ?

Sidéré, Brasero le Bleu haussa très haut ses sourcils broussailleux.

– Cette question ! Tu l'as bien constaté par toi-même.

– Justement, j'aimerais te l'entendre dire.

– Je mange des oignons, uniquement des oignons, c'est ma seule nourriture depuis que j'habite par ici.

Djoy se dressa.

– Voilà d'où vient ton mal ! Les oignons font pleurer, c'est bien connu. Il n'y a qu'un dragon pour ignorer cela.

Brasero le dragon sembla tomber des nuages.

– Est-ce... aussi simple que cela ?

– Sans aucun doute. Change de régime et tu ne pleureras plus.

– Le problème est que j'adore les oignons et ne saurais m'en passer. D'autant que c'est le seul aliment comestible qui pousse sur mon territoire.

Djoy tapota amicalement la papatte du bon dragon.

– Je t'aime bien, dragon. Si tu veux me faire confiance, je me charge de tout. Suis-moi.

L'énorme dragon, en faisant vibrer le sol, emboîta le pas au petit garçon qui sauta sur son bicross. Il ne jeta pas un regard en arrière aux chercheurs de trésor qui avaient complètement bouleversé le terrain, en creusant des trous tous les trois pieds. Pire qu'un gruyère !

*

* *

Ils suivirent la rivière jusqu'à son confluent avec un grand fleuve, longèrent ce fleuve pendant près d'une heure pour atteindre la mer au bord de laquelle Djoy s'arrêta.

– Tu vois ce village sur la droite, Brasero le dragon ?

Le monstre essuya ses larmes.

– Il est charmant. Sniff.

– C'est le mien. Mais viens de ce côté, j'ai autre chose à te montrer.

Le garçon entraîna le dragon vers une crique abritée par deux falaises immenses.

Il sortit son canif et gratta des petites choses sur un rocher.

D'étranges petites choses en forme de larmes noires.

– Qu'est-ce que c'est ? demanda l'animal monstrueux.

– C'est tout d'abord une légende. Et c'est ensuite une partie de ton nouveau régime alimentaire.

– Tu veux que je mange ces minuscules machins horribles et durs ? Pouah ! Quelle sera l'autre partie de mes repas ?

– Laisse-moi t'expliquer. Ces petites choses

horribles sont délicieuses à l'intérieur et te donneront plus de force que tes maudits oignons. Comme des coffres miniatures, il faut en soulever le couvercle pour en découvrir le trésor.

– Ah ! bon ? s'étonna le monstre. Explique-toi.

– On les appelle des moules. Il n'y a que les dragons pour ignorer cela. Le bord de mer en recèle plus que tu ne pourras jamais en avaler. Assieds-toi que je te conte d'abord la légende.

Ce qu'ils firent, l'un sur le sable, l'autre sur un rocher, pour être plus près de l'oreille du premier. Djoy reprit :

– Il y a très longtemps vivaient en lisière de ce pays deux gigantesques monstres marins. Encore plus grands que toi. Et beaucoup plus laids.

Ce compliment naïf fit sourire le dragon virant au bleu roi.

– Continue, je t'écoute.

– L'un était constitué de ténèbres, l'autre n'était que lumière. Et sans cesse ils s'affrontaient pour s'approprier le royaume de la mer. Mais comme ils étaient de force égale, aucun ne parvenait à prendre l'avantage sur son adversaire. Et tout le pays tremblait de leurs incessantes querelles.

Le dragon ouvrait de grandes oreilles attentives, de grands yeux passionnés. Si grands et si passionnés qu'il en oubliait de pleurer. Djoy poursuivit :

– Alors, les ténèbres et les éclairs alternèrent, se mêlèrent, sans cesse et sans raison, dans un grand fracas de fin du monde. Jusqu'au jour où un sage ermite vint s'installer dans la grotte que tu distingues à la rencontre de ces deux falaises.

– Une grotte ?

Le dragon adorait les grottes. L'envie le prit d'aller la visiter. Mais il revint bien vite à la légende, la grotte pouvait attendre.

– L'ermite les observa longtemps avant de les appeler à l'endroit où nous nous trouvons en ce moment. Ils se bousculèrent, se heurtèrent si bien qu'ils creusèrent davantage cette crique qui n'avait alors pour la border que de basses falaises.

Bref, ils se calmèrent un peu.

L'ermite leur dit : « Ne soyez pas obstinés. Rendez-vous à la raison. Vous vous déchirez en vain. Ni l'un ni l'autre n'y gagnera que la défaite de tous les deux. Puisque vous ne savez vous partager l'espace, il serait plus sage de vous partager le temps. »

Les monstres, soufflant, crachant, grognant, se regardèrent et se calmèrent tout à fait.

D'une voix posée, l'ermite reprit : «Contem-

plez le résultat de votre lutte. Ici s'entassent les larmes noires de l'un, là-bas flottent les millions d'éclats d'argent de l'autre... »

– Je comprends ! s'exclama le dragon. Les larmes noires ce sont ces moules. Quant aux éclats de lumière, qu'est-ce que c'est ?

– Ça s'appelle des poissons. Je t'apprendrai à les pêcher. Ils se mangent aussi et sont délicieux.

– Ils n'ont pas de coquille, j'espère.

– Non. Seulement des écailles et des arêtes...

– Raconte-moi vite la fin de cette histoire.

Djoy contempla un instant son énorme compagnon devenu bleu ciel de plaisir, et continua :

– « Voici ce que vous allez faire, dit le sage, l'un régnera le jour tandis que l'autre dormira ; et le second aura la nuit pendant le sommeil du premier. » Les deux monstres ne purent qu'accepter cette sage décision, et s'y résolurent de bon cœur, car ils étaient las de se battre. Et l'ermite vécut encore de nombreuses années dans sa caverne, en gardant malgré tout un œil attentif sur les deux ennemis.

– Cette légende est merveilleuse, Djoy, et je crois bien que j'aimerais goûter à ces larmes solides et aux éclats d'argent.

De la pointe de son canif, Djoy ouvrit plusieurs coquillages qu'il tendit à son ami. L'autre y goûta prudemment, apprécia, en redemanda.

– C'est délicieux ! Je crois que tu avais raison, petit Djoy. Voilà un long moment que je n'ai plus versé une larme.

– Et prends garde. Bientôt tu cracheras à nouveau de magnifiques flammes.

– Tu me sauves la vie, et...

– À quoi penses-tu ?

– Il faudrait peut-être quelqu'un pour veiller sur ces monstres, on ne sait jamais quelle folie peut leur traverser l'esprit.

– Et tu t'es demandé, puisque la grotte de l'ermite était libre, pourquoi après tout tu ne t'y installerais pas ?

– Comme tu devines mes pensées !

– Il n'y a pas besoin d'être devin.

Et tous deux éclatèrent de rire.

*

* *

Brasero ne pleurait plus.

Deux jours plus tard, il crachait à nouveau un feu d'enfer.

Malheur à qui approchait les falaises ! Seul Djoy était autorisé à lui rendre visite. Il lui apprit à pêcher, et le dragon bleu marine connut le goût délicat de la chair de la mer, qu'il pouvait rôtir à volonté, d'un simple souffle. Mais il se sentait encore redevable de tout ce bonheur tranquille envers son ami Djoy.

– Comment puis-je te remercier de toutes tes bontés ? lui demanda-t-il un jour.

Djoy se creusa la cervelle.

– Oh ! je ne sais pas. Je n'ai besoin que d'un ami.

– Mais encore ? insista le dragon.

– Je crois que j'ai une petite idée.

– De quoi s'agit-il ?

– Mon père est le forgeron de notre village, et son apprenti l'a quitté pour aller se marier à la ville.

– N'en dis pas plus. Une petite flamme pour attiser les charbons de la forge lui serait bien utile. Je l'aiderai avec le plus grand plaisir. Dès que tu as besoin de mon aide, tu me fais signe et j'accours.

– Marché conclu !

Ils se serrèrent la main... enfin... la patte. Bref, les deux amis éclatèrent de rire, et se précipitèrent vers la plage, car un banc de saumons était signalé à quelque distance de la côte.

L'OGRE

L'ogre leva le nez, cueillit une grande goulée de vent parfumé, puis inspira quatre petites bouffées pour bien déguster l'odeur. Et encore deux petits coups pour se persuader que...

– ÇA SENT LA CHAIR FRAÎCHE !

Ses yeux s'agrandirent. Ses lèvres dessinèrent un large sourire qui découvrit ses dents de carnassier. Une goutte de salive tremblait à la commissure gauche. Il respira à pleins poumons.

– Ça sent fichtrement bon la chair fraîche.

Il tenta de définir la provenance de cette aubaine.

– Ça vient du... du Sud-Est.

Il s'élança dans cette direction.

Cela faisait un mois, oui un mois qu'il n'avait pas consommé le moindre petit morceau d'enfant, pas même un auriculaire rachitique !

Un mois qu'il sillonnait les campagnes, le ventre vide.

Que voulez-vous, les gens se méfiaient.

Ils cachaient bien loin leurs petits, dans la famille, chez des amis, pour éviter qu'ils finissent horriblement dans l'estomac de l'ogre. Ce qui contraignait celui-ci à changer constamment de région.

La vie d'un ogre n'est pas toujours facile.

Remarquez, ce n'était pas un mauvais bougre. Il aurait même été un type charmant, s'il n'avait été obligé pour vivre de manger de la chair humaine, qui plus est, de la chair âgée de moins de douze ans.

Oui, après douze ans, la viande devient trop coriace. Et bouillie, elle perd toute sa saveur et ses vitamines.

Alors, ce fumet délicieux qui soudain avait effleuré ses narines symbolisait le paradis tout proche !

– Humm !... Un bon petit gigot de fillette, bien rôti à la broche. Avec quelques gousses d'ail... Ou une fesse dodue de garçonnet de cinq ou six ans, l'âge idéal pour ce morceau de choix.

Et l'ogre salivait en marchant à grandes foulées dans la direction repérée.

Il atteignit bientôt un hameau. Du haut de ses deux mètres, il tenta de définir dans quelle maison se cachaient ces petits innocents bien tendres.

Ce devait être cette humble chaumine, sur la droite. Il huma l'air. Aucun doute, c'était bien là. Il s'y rendit, frappa à la porte.

– Qui est-ce ? demanda une voix fragile à travers le panneau.

– Bonjour madame. Excusez-moi de vous déranger. Je suis l'ogre, veuillez m'ouvrir.

– Que voulez-vous ?

– Je viens chercher vos enfants, pardi !

– Vous vous trompez, il n'y a pas d'enfants ici.

L'ogre inspira un grand coup.

L'odeur provenait bien de cette maison. D'ailleurs, le discret remue-ménage lui parvenant de l'intérieur prouvait qu'il ne s'était pas trompé.

– Mon flair ne me trahit jamais, madame. Ouvrez ou j'enfonce la porte.

– Repassez plus tard, mon mari est absent et...

D'un formidable coup de botte d'une demilieue (il n'avait pas les moyens de s'offrir les fameuses bottes de sept lieues), l'ogre impatient fracassa la porte.

Il entra.

Une femme tremblante se tenait au milieu de la pièce principale, aux pauvres meubles en aggloméré.

L'ogre sortit une bourse de sa poche et jeta plusieurs pièces sur la table de bois grossier.

– Tenez, c'est pour vous dédommager des dégâts.

Car l'ogre était un honnête homme. Et si la nature n'avait pas fait de lui un dévoreur d'enfants, c'eût été un parfait gentilhomme.

– Où sont vos enfants, madame ?

– Ils... ils sont en vacances dans une lointaine campagne, auprès d'une vieille tante malade.

– Vous mentez mal, ma pauvre dame. Leur odeur nous entoure, toute fraîche.

Il emplit ses poumons en savourant l'air.

– Je précise qu'ils sont... quatre. Deux garçons, deux filles. Félicitations ma brave. Alors, où sont-ils cachés ?

– Je vous assure...

– Ne me mettez pas en colère. Dois-je dévaster toute la maison ?

L'ogre, qui, malgré sa courtoisie habituelle, s'énervait un peu (il avait si faim), se dirigea

Alexia Carr

vers un gros bahut disgracieux. Il ouvrit les portes du bas. Une petite fille terrorisée était accroupie entre les assiettes et les bols. L'ogre triompha :

– Qu'est-ce que je vous disais. En voilà une ! Pas très rondelette, mais elle fera l'affaire. Je la prends.

Il la coinça sous son bras malgré les gesticulations et les hurlements de l'enfant, et se tourna vers la cheminée.

– Ah ! Je devine qu'il y en a un autre ici. Un garçon sans doute... J'ai gagné ! Cinq-six ans, c'est merveilleux.

La pauvre mère impuissante s'était écroulée sur le carrelage et suppliait l'ogre de lui laisser ses enfants. Elle lui donnerait tout ce qu'elle possédait en échange, s'il montrait, pour une fois, un peu de pitié...

– Ne me soufflez pas ! Je suis sûr qu'il y en a un sous un lit. Je brûle, n'est-ce pas ?

Comme la femme atterrée ne répondait pas, il visita les deux chambres et revint avec une superbe blonde d'une dizaine d'années sous l'autre bras.

– Et de trois !

Il renifla dans toutes les directions.

– C'est étrange. J'ai fouillé la maison et il me semble pourtant discerner un quatrième fumet.

Snif ! Snif ! Plus âcre que les autres d'ailleurs. Ce doit être l'aîné. Vous ne voulez pas me donner un indice ? Non ?... Bon. Il aura dû s'échapper pendant que je cherchais ceux-là. Bah ! Tant pis. Trois, c'est mieux que rien. Je vous fais cadeau du dernier qui doit avoir passé la date limite, à mon humble avis.

Il revint vers la malheureuse mère de famille qui pleurait toutes les larmes de ses yeux.

Ému, il coinça les trois enfants hurlant sous le même bras pour sortir sa bourse et la poser sur la table.

– Tenez, je vais me montrer bon prince. Je vous les achète au meilleur prix parce que vous êtes mon premier fournisseur depuis un mois. Ne vous lamentez point. Vous êtes encore jeune, vous en aurez d'autres, et certainement de plus beaux et de plus grassouillets, avec tous les écus européens que je vous laisse. Adieu ma bonne dame.

Il fit un pas vers la porte fracturée.

Et tout à coup, il lui sembla que le toit s'écroulait sur sa tête. Il ouvrit de grands yeux qui ne distinguaient plus rien et s'effondra sans connaissance.

*

* *

Ce n'était pas la maison qui avait assommé l'ogre, mais un joli jambon fumé de quatorze livres.

Un jambon admirablement bien projeté par Gilou, depuis la poutre à laquelle il était pendu. Gilou, l'aîné des quatre enfants, avait eu le temps de se cacher là-haut, à l'approche de l'ogre.

On a beau être un ogre de sept pieds de haut, avec une caboche plus dure que l'acier trempé et une cervelle de crapaud, on n'en est pas moins homme.

Et lorsque quatorze livres vous atterrissent sur le crâne avec un bon élan, il n'y a qu'une chose à faire : tomber dans les pommes.

Gilou se laissa choir souplement sur le sol, après avoir sauté sur la table.

– Vite, mère, aidez-moi à dégager mes frères et sœurs coincés sous cette grosse carcasse !

Ils unirent leurs forces.

Les petits, tremblants et muets, se libérèrent de l'étreinte de l'ogre inconscient.

– Sauvons-nous ! cria la fille blonde, dès que sa gorge voulut bien se desserrer.

– Non, j'ai une meilleure idée, coupa Gilou. Partout où vous irez, il vous pourchassera et vous débusquera. Les ogres ont un flair infaillible, et des bottes d'une demi-lieue, ce qui est bien suffisant pour vous rattraper. Faites-moi confiance, j'ai une idée géniale qui nous débarrassera de lui en douceur et pour toujours.

– Tu ne vas pas le...

– Mais non, mère, tranquillisez-vous. Vous savez que je suis incapable de faire du mal à la souris qui dévore nos corn flakes.

– Et votre père qui est en forêt et ne rentrera pas avant trois jours !...

Gilou calma tout le monde. Il devait les convaincre rapidement d'adhérer à son projet car l'ogre ne tarderait pas à se réveiller. Le garçon était très habile. En trois minutes, il emporta la partie et organisa sa mise en scène.

– Parfait ! Ne bougez plus. À présent, je ne veux plus rien entendre. Je suis le seul à agir. Quoi qu'il arrive, faites-moi confiance.

Il s'assit sur une chaise à haut dossier, croisa les pieds sur la table après s'être taillé une belle tranche du jambon fumé complice. Il commença à déguster.

*

* *

L'ogre grogna, remua une main, puis la tête. Gilou jeta un coup d'œil rassurant à sa mère qui s'était réfugiée dans l'ombre, près du téléviseur.

L'ogre se redressa en jurant, se massant le crâne.

– Bon sang de bon sang de chapelet de boudins noirs aux olives ! Que m'est-il arrivé ?

À toi de jouer, Gilou ! Avec courage et finesse !

– Eh bien, mon oncle ! lança-t-il joyeusement sans changer de place. Vous pouvez dire que vous avez le crâne solide.

L'ogre s'assit à même le carrelage.

– Mon oncle ? Qui me nomme ainsi ? Je n'ai jamais eu de neveu !

– Allons, mon oncle, levez-vous donc et embrassez-moi pour me pardonner mon emportement. Ignorant que c'était vous, j'ai dû cogner un peu fort.

Incrédule, l'ogre se redressa, une main sur la bosse de sa tête.

– Comment ? C'est ce garnement qui m'a assommé ! Qui es-tu, vaurien, et que fais-tu ici ?

– Désolé tonton. Et sans rancune. Embrassez-moi pour m'excuser.

L'ogre fronça les sourcils. Il ne comprenait plus rien. Il hésita, puis déposa une bise sur la joue tendue du garçon qui reprit :

– À la bonne heure ! Me voilà absous.

Gilou aida le géant à se redresser, épousseta ses vêtements et reprit sa place.

– Comprenez-moi, mon oncle, j'étais là avant vous. Cette bonne odeur m'avait attiré tout comme vous. Je coursais l'aîné de cette famille, avant que vous ne surveniez. Le bougre avait presque mon âge et possédait de bons jarrets. Mais je l'ai rattrapé. Quand je suis revenu dans cette maison pour prendre le reste de mon dû, il y avait un autre chasseur. Qu'auriez-vous fait à ma place ? Comme moi, vous auriez vu rouge. Alors, par la porte démolie, j'ai foncé, poing en avant. Vous m'en voulez encore beaucoup, mon oncle ?

Le géant reprenait doucement ses esprits. Il vint s'asseoir à la table. Quelque chose lui échappait dans cette explication, mais il ne savait pas quoi. Il n'avait pas récupéré toutes ses facultés, déjà pas très reluisantes à l'origine.

Il ne pensa pas à demander au garçon comment celui-ci avait pu le reconnaître pour son oncle, sans l'avoir jamais vu. Ni pourquoi il n'avait pas des bottes spéciales d'ogre.

D'ailleurs, il ne pensait jamais beaucoup. Une chance !

– Tu as une sacrée frappe pour ton âge (il lui jeta un regard scrutateur). J'ignorais que j'avais un neveu.

Gilou n'était pas très à l'aise. Mais ses dons d'acteur compensaient.

– Vous avez bien un frère.

– C'est exact…

Ouf ! se dit Gilou, par bonheur l'ogre avait un frère.

– Cependant, ajouta l'autre, il habite bien loin d'ici et depuis de nombreuses années, il ne m'a pas même téléphoné.

Merveilleux, pensa Gilou, tout s'enchaîne à la perfection.

– Il y a treize ans passés, votre frère a eu un fils : moi. Et tout comme vous, nous devons voyager de plus en plus loin pour trouver notre pitance. Ah ! Les temps sont réellement de plus en plus durs, mon oncle.

– À qui le dis-tu !

Machinalement, il frotta sa bosse.

Gilou sentit faiblir la méfiance de l'ogre à son égard. Cette version des événements, après tout, était plausible. Il lui restait, maintenant, à le convaincre du plus difficile. Il changea de position, se pencha par-dessus la table pour confier en secret :

– Mais nous, mon oncle, nous avons mis au point un truc pour ne plus crever de faim, un mois sur deux.

L'ogre, soudain bougrement intéressé, se pencha à son tour sur la table. Il n'avait toujours rien mangé et son estomac protestait.

– Que veux-tu dire… mon neveu ?

– Je m'appelle Gilou.

– Que veux-tu dire, Gilou ?

– Nous avons, père et moi, inventé un produit nouveau qui nous garantit des réserves pendant les mauvaises saisons.

– Ne me parle pas d'aliments en comprimés, en poudre ou en piqûres, je ne les supporte pas. Alors, quel est-il ?

Gilou fit un clin d'œil complice et laissa planer le mystère.

– Je ne sais pas si père serait d'accord pour divulguer notre secret.

L'ogre alléché s'impatientait. Il se rapprocha encore, se fit plus affectueux.

– Puisque nous sommes proches parents, il n'y a pas de mal à s'entraider entre familiers, au contraire.

Gilou fit mine d'hésiter, puis céda.

– Vous croyez ?… Bon, c'est d'accord. Mais à une condition.

– Laquelle ?

– Que vous ne nous demandiez jamais le secret de fabrication et, si le produit vous plaît, que vous passiez toujours par nous pour vous en procurer.

– Ce n'est que ça ! Promis, juré, parole d'ogre.

– Bon. Tope-là. Cochon qui s'en dédit !

Gilou fit une pause, épia les environs comme s'il craignait d'être espionné. Puis il désigna le jambon qu'il serrait dans ses bras comme un nourrisson.

– Que croyez-vous que ceci est ?

– Un jambon fumé, pardi.

– Oui, mais pas n'importe lequel. C'est un jambon fumé de…

– De ?

– De brunette de treize ans et demi ! Fleurez-moi ce parfum de jouvencelle, mon oncle !

Gilou flanqua le jambon sous le nez de l'ogre qui renifla professionnellement.

– Avec l'odeur du fumé, il m'est difficile de définir son origine…

Tout à coup, il comprit ce que le garçon voulait lui faire entendre.

– Tu veux dire, mon neveu, que vous fumez la viande de ces chers petits !

– Parfaitement. C'est aussi simple que cela. Il suffisait d'y penser. Tenez, goûtez, vous m'en direz des nouvelles.

Il lui détacha une belle tranche et la lui tendit.

– À peine treize ans et quatre mois, insista-t-il. Fraîche, elle aurait été quasiment immangeable. Ce n'est pas vous qui me direz le contraire.

– Tout à fait d'accord... Je veux bien te croire, mais...

Sceptique, l'ogre tourna et retourna la tranche entre ses gros doigts poilus avant d'en détacher un morceau du bout des dents. Il mâchouilla sans conviction.

Le jambon était d'excellente qualité, et toute personne ayant un minimum de goût l'aurait trouvé délicieux à la première bouchée. Cependant un ogre n'est pas habitué à ce genre de nourriture, et la moitié de la tranche fut lentement consommée sans qu'on puisse déceler, sur les traits de son visage, la moindre satisfaction.

Gilou transpirait à grosses gouttes. Il doutait encore de l'efficacité de son plan audacieux.

Pourtant, à petites bouchées, L'OGRE MANGEAIT !

Pour occuper ses mains tremblantes, le garçon se tailla une autre tranche qu'il dégusta avec un morceau du pain à l'oignon que faisait le boulanger du village.

– Tenez, mon oncle, goûtez avec ce pain, le jambon n'en aura que plus de saveur.

L'ogre se laissa tenter.

En effet, l'oignon relevait encore le goût du jambon et dissimulait davantage la provenance de celui-ci. Il termina sa tranche, en redemanda une autre, en prétextant :

– Je n'ai pas très bien apprécié la première fois.

Il se souvint alors qu'il était affamé et se rassasia de cinq tranches épaisses comme le petit doigt, arrosées d'un petit beaujolais nouveau.

Il se régala, persuadé de déguster de la cuisse de fillette. Gilou se détendit un peu.

– Dis donc, garnement, j'y pense. Qu'as-tu fait des trois gamins que j'ai achetés à cette pauvre femme ?

– Ils sont avec le quatrième, enfermés dans la cave.

– Ceux-là, je les emporte. Pour la suite, je te réserve, dès à présent, tes dix meilleurs jambons.

Gilou frémit. La partie n'était pas entièrement gagnée.

Il versa un autre verre au géant. Puis un troisième.

– Soyez raisonnable, mon oncle. D'abord, j'étais là avant vous.

– D'accord pour moitié-moitié.

– J'ai mieux à vous proposer. Confiez-les moi tout de suite et je vous ferai les six plus délicieux jambons du monde.

L'ogre se leva, sourcils froncés au-dessus de ses prunelles sombres.

– Il n'en est pas question ! Je veux manger ces enfants tout frais. Je suis affamé, moi !

A. Carr

Il abattit son énorme poing sur la table, faisant sauter la vaisselle. Gilou lui resservit à boire et tenta une dernière manœuvre.

– Vous n'êtes pas prévoyant, tonton. Allez, je vous cède mes deux derniers jambons, et vous prépare les autres pour le mois prochain.

– Tes jambons sont délicieux mais ne valent pas de la viande fraîche rôtie.

– Par les temps qui courent, nous n'aurons peut-être pas de sitôt l'occasion de trouver d'autres enfants. Nous devons nous adapter à la nouvelle civilisation. Je ne vous laisserai pas commettre une bévue.

– Je veux de la viande fraîche. Il reste les bras, les côtelettes, les abats.

– Ils n'ont que la peau sur les os. Juste de quoi se casser les dents. Les pauvres gens n'engraissent plus leurs enfants comme autrefois. Les traditions se perdent. Je les garde. C'est à prendre ou à laisser. Tenez, buvez à notre rencontre, tonton.

– Tu es dur en affaire, bonhomme.

– C'est pour votre bien.

– Et tu as de l'aplomb. Je reconnais bien en toi le caractère de mon frère.

Gilou sourit, comme la chance aux audacieux. Il remplit le verre. L'ogre le vida. Le vin émoussait peu à peu sa résistance.

– Alors, c'est d'accord ?

– Laisse-moi réfléchir.

– Ne gâchez pas une telle occasion. Je vous rends même votre argent.

Attendri par ce geste, et les pensées anesthésiées par cinq verres, bonjour les super dégâts ! l'ogre capitula.

– O. K., mar...ché conclu.

Ils se serrèrent la main.

Le garçon décrocha les deux derniers jambons pendus à la poutre, emballa le tout dans un grand torchon.

Ils s'accordèrent sur le prix de la marchandise future, se fixèrent un rendez-vous pour la première livraison.

L'ogre saisit son paquet, embrassa son « neveu », salua la femme qui ne pleurait plus dans son coin obscur, et sortit.

Gilou attendit de le voir quitter le hameau, s'éloigner sur la route de la forêt de Brumeland, pour laisser éclater sa joie. Il délivra ses frères et sœurs et sauta au cou de sa mère.

– Voilà un excellent commerce, conclut-il, un commerce qui nous rapportera suffisamment tous les mois pour que père ne soit plus obligé de travailler si loin.

– Si un jour l'ogre découvre que ses fameux jambons d'enfants ne sont que des jambons de cochons ordinaires que fera-t-il ? s'inquiéta encore la mère.

– Pas de danger. Il ne se risquera jamais à goûter une autre viande fumée que la nôtre. Et je pense même que le filou est bien capable de monter un petit marché clandestin pour arrondir son pécule.

– Ainsi tout le pays serait débarrassé de cette hantise.

– Youpi !

Ils éclatèrent de rire.

Ce soir-là, il ne leur resta pour tout repas qu'un fond de soupe, l'os du jambon et un demi-pain pour fêter cette victoire. Mais ils ne s'en plaignirent pas. Il s'en était fallu de si peu qu'ils fassent les frais du dîner…

LE GÉANT

Les tours semblaient jaillir du château qui lui-même semblait s'être déplié comme une construction de carton. Neuf, frais, pimpant, coloré, enluminé.

Aux pointes des tourelles flottaient des étendards, des oriflammes, des drapeaux multicolores. Les trompettes, les buccins résonnaient joyeusement à l'arrivée de chaque visiteur.

Les carrosses, les escortes ou les simples carrioles s'arrêtaient au pied de l'un des deux immenses escaliers. Deux escaliers majestueux, aussi longs que le plateau où était planté le château du roi.

Un décor étrange qui faisait penser à... un livre ouvert.

Tous les plus grands magiciens, toutes les sorcières, les fées, les lutins, les gnomes, les enchanteurs, tous ceux qui possédaient quelques pouvoirs magiques avaient été conviés par le roi à ce premier congrès mondial de la magie.

Et ils avaient enfin tous accepté !

Car l'enjeu était de taille.

On murmurait que le roi n'avait pas eu personnellement l'idée de cette cérémonie.

Cependant, il s'était donné beaucoup de mal pour recevoir ses invités avec magnificence.

Il les accueillait dans la cour d'honneur, leur remettait un parchemin sur lequel était inscrit l'ordre des festivités.

De charmantes damoiselles leur offraient toutes sortes de fleurs.

Les nains habillés en pages les conduisaient ensuite à leurs appartements.

– Majesté, fit un étrange personnage qu'on n'avait encore jamais vu auprès du roi. Majesté, d'après ma liste, tous nos invités sont arrivés... ou presque, à l'exception d'une sorcière.

– Laquelle ?

– La sorcière Sacra-Manta.

Florian Ier haussa les épaules.

– Cette affreuse sorcière ne viendra pas. Elle

a été réduite à néant, il y a quelque temps, par les bons soins de mes sept nains.

– Que Sa Majesté m'excuse. Je n'ai pas intégré cette information, je n'étais pas encore en votre royaume.

– C'est exact. Nos invités ordinaires – si je puis dire – sont-ils également présents ?

– Oui, Majesté. Gilou, Djoy, les princes et princesses des royaumes voisins, Armand, Hildegarde, etc., sont tous en nos murs.

– Parfait. Fais sonner le début des festivités.

– À vos ordres, Majesté.

Le mystérieux personnage, qui avait acquis si rapidement la confiance du roi (on murmurait que l'idée du congrès venait de lui), fit une révérence et s'esquiva.

Florian Ier rejoignit sa reine Mélinda qui hésitait encore entre une bonne douzaine de robes.

*

* *

La Grand-Salle du château était pleine, archipleine. Il n'y aurait pas eu la place pour un tabouret supplémentaire. Le roi et la reine étaient assis sur leurs trônes d'or. La reine avait enfin opté pour une robe bleue, à paillettes dorées, au décolleté bordé de mousseline. Le roi se leva.

Aussitôt le silence s'établit. Son regard embrassa les dizaines de magiciens, sorcières et fées qui avaient répondu à son invitation.

Il était ému. Il ne savait pas très bien comment se dérouleraient ces conférences, mais il avait confiance en cet envoyé de...

Tiens ! Où était-il passé celui-là. Depuis un mois, il ne lâchait pas Sa Majesté d'un pouce et soudain, il avait disparu. Oh ! il ne devait pas être bien loin, en train de régler un dernier détail de cette prodigieuse cérémonie. On allait commencer sans lui.

– Mes amis. Je vous ai réunis aujourd'hui pour que nous fassions, d'une part, un bilan des activités magiques qui ont cours en ce royaume et, d'autre part, afin de lever le voile sur certaines superstitions. Mais surtout pour que vous puissiez collaborer à un fantastique projet collectif...

Applaudissements longs et chaleureux.

– Voilà ce dont il s'agit : tout le monde estime que les heures sont beaucoup trop courtes, que le temps passe trop vite. Grâce à tous vos pouvoirs conjugués, j'espère freiner le mouvement de la Terre sur son orbite, afin de doubler les journées qui passeraient à quarante-huit heures !

– Hourra ! Vive le roi !

Florian Ier expliqua les détails de l'opération que lui avait écrits l'étrange personnage dont, ma foi, il ne connaissait pas même le nom.

Mystérieusement, celui-ci se faisait appeler l'émissaire du Géant Cher... ou G-H-R... Enfin, quelque chose comme ça.

Une sueur glacée dégoulina le long de la royale colonne vertébrale.

Un doute soudain l'envahit.

Un malaise.

Un pressentiment...

Il s'interrompit une seconde pour donner ordre aux sept nains de rechercher l'émissaire et de le ramener coûte que coûte.

Il débita alors son texte sans penser à ce qu'il disait.

La reine, qui avait perçu son trouble, lui avait saisi la main pour l'encourager et le soutenir.

Ce congrès de la magie commençait à trop sentir le soufre !

– Mes amis. À l'issue du banquet que nous allons vous servir, commenceront les démonstrations de magie.

Nouveaux applaudissements.

Le roi quitta précipitamment son trône, retrouva dans son cabinet particulier les sept nains, bredouilles et inquiets.

Tout cela sentait de plus en plus le piège, le

traquenard. Ce rassemblement de tous les pouvoirs magiques en un seul lieu lui inspirait la plus grande terreur.

C'était une véritable bombe à retardement, entre les tours de son château.

Une bombe que le moindre incident pouvait faire exploser… Une bombe qui avait été préparée, fabriquée par un génie malfaisant.

À présent Florian Ier en était persuadé : il avait été manipulé !

Le mystérieux G-H-R était un monstre malfaisant qui avait projeté de se débarrasser, d'un seul coup, de toutes les personnalités du royaume…

Un choc sourd ébranla les murs de la forteresse. Un deuxième, puis un autre…

On se précipita aux fenêtres.

Une tête humaine démesurée, pourvue d'une moustache sombre, apparut au-dessus des créneaux.

– LE GÉANT ! LE GÉANT !

La terre se mit à trembler.

– IL VA DÉTRUIRE LE CHÂTEAU !

– Il veut nous massacrer !

– Vite, vite ! Venez tous par ici, hurla Florian Ier. Réfugions-nous dans les oubliettes.

La foule des invités, la famille royale, les serviteurs et les soldats se précipitèrent pêle-mêle

vers les souterrains tandis que les murs vibraient sous la poussée du géant.

Le roi connaissait bien le dédale des galeries. Torche en main, il prit la tête de la meute affolée. Ils descendirent, descendirent des centaines de marches, se courbèrent sur des centaines de mètres de couloirs ruisselants, atteignirent une vaste salle voûtée où ils se serrèrent, angoissés.

À travers les couches de terrains, ils percevaient comme un lointain tremblement de terre.

Puis plus rien.

Ils patientèrent.

*

* *

– Comment avez-vous trouvé la maquette de mon château, mon cher éditeur ?

– Très belle, c'est certain.

– Et originale, non ?

– Sans vous désobliger, ça s'est déjà vu dans des ouvrages pour petits.

– Bien sûr, mais dans un recueil de contes pour plus âgés, c'est nouveau.

– Oui... Seulement, je ne vous cache pas qu'il y a un problème de prix de revient. Je dois voir ça avec l'imprimeur. Enfin, nous en reparlerons. Je suis désolé de vous quitter si vite, mon

cher auteur G-H-R, je suis attendu au Salon du livre. À très bientôt.

– Nous nous y retrouverons. Au revoir. Je vous raccompagne. Je manque également de temps. Ah ! si les journées faisaient quarante-huit heures !

– Vous avez raison, mais c'est de la fiction.

– Où commence la fiction ? Tenez, mon ordinateur, par exemple. De plus en plus, il écrit tout seul et n'importe quoi.

– Ah ! Ces auteurs, quelle imagination.

L'auteur guida l'éditeur jusqu'à la porte et revint vers le gros livre ouvert sur la table.

Il soupira.

« Cette idée de rassembler tous mes personnages, comme on fait au théâtre à la fin d'une pièce, me semblait sympathique. Mais bah ! les éditeurs n'en font qu'à leur tête. »

Songeur, il s'accouda à la table. Son esprit voguait déjà vers de nouvelles histoires à écrire...

*

* *

Florian Ier connaissait un passage secret qui menait à l'extérieur.

Avant de l'emprunter, on mit au point une

stratégie de contre-attaque. Il fallait absolument se débarrasser de cet abominable géant qui terrorisait le pays. On avait donc décidé de rassembler et de concentrer tous les pouvoirs magiques sur ce nouvel objectif : le géant. Tant pis pour le projet du roi. On y penserait plus tard.

En silence, ils se glissèrent à travers la grille qui fermait l'orifice du tunnel.

En fait, une simple bouche d'aération.

Le géant était assis devant une table, où il avait posé la colline plate supportant le château, colline qu'il avait dû arracher au sol dans une crise de rage, en constatant la disparition des habitants.

Et, la tête entre les mains, il guettait par-dessus les créneaux.

Bilinda la bonne sorcière commandait l'opération. Elle fit signe à tous les magiciens, toutes les sorcières, toutes les fées et les autres de se placer en arc de cercle et de se concentrer.

Ce qu'ils firent.

Elle leva les bras pour demander si tout le monde était prêt. Quand ce fut le cas, elle les abaissa d'un coup.

Un souffle de ruche tourbillonna au-dessus des têtes comme lorsqu'un essaim s'oriente. Puis la pointe de toutes ces forces magiques fila vers le géant, suivie par un corps d'étincelles.

Cette bombe magnétique s'enroula autour du monstre démesuré qui ne se rendait compte de rien.

Brusquement, le monstre se mit à rapetisser, rapetisser…

La tornade magique le souleva alors qu'il n'était pas plus gros que les personnages rassemblés derrière le roi. Elle l'emporta et le déposa dans le château.

Alors tous se précipitèrent vers la table, grimpèrent le long des pieds, se répartirent sur la moitié du plateau où commençait l'un des deux immenses escaliers. Et d'un même élan, ils unirent leurs forces et leurs derniers pouvoirs magiques pour refermer l'énorme livre sur le géant miniaturisé.

La lourde couverture retomba dans un soupir sourd et glacé.

En lettres dorées, on pouvait lire :

« PETITS CONTES COMME AUTREFOIS… OU PRESQUE ».

Table des matières

« Aventure »

JEAN CAZALBOU - MARIE FETE
L'énigme de la main verte

MICHEL COSEM
Les traces sauvages de l'Estélas
La chevauchée de la délivrance
L'enlèvement de Brunissen
La chanson du troubadour

LOUIS ESPINASSOUS
Jean de l'Ours

GIORDA
Les naufragés du Bounty
Prix de la Société des Gens de Lettres-1987

ALIM HEKMAT
Pour l'amour d'un cheval

YVES HEURTE
Les chevaux de vent

GERARD HUBERT-RICHOU
L'épreuve des trois causses

SARITA KENDALL
Le récif de la cloche

CATHERINE MISSONNIER
Le mystère de la grange aux loups

HELENE MONTARDRE
Les enfants sous la lande

JOSETTE RAUZY
L'Aventure a les pieds mouillés
L'ânesse en jupons

JACQUELINE SEYRAL
Le fils du chef canaque
L'année-Zanzibar

CHANTAL TOUZET
L'amulette du grand chef Yanoama
La dernière bataille de Pépé Caporal

« Poésie »

VENUS KHOURY-GHATA
Leçon d'arithmétique au grillon

HUBERT MINGARELLI
Le secret du funambule

« Nouvelles »

JEAN-MARIE ROBILLARD
La route des matelots
Jean des Oiseaux

« Historique »

PIERRE CORAN
Le commando des Pièces-à-Trous
La fronde à bretelles

MARIE-CHRISTINE HELGERSON
Vers l'Amérique

DOROTHY HORGAN
Au fil de la guerre

YVON MAUFFRET
Le jardin des enfants perdus
Pilotin du cap Horn

HELENE MONTARDRE
La colline aux oliviers

MICHEL PIQUEMAL
Le pionnier du Nouveau Monde

BEATRICE ROUAULT
Raoul à la conquête de l'Angleterre

JEAN-PAUL RAYMOND
Thierry, le chevalier sans nom

SUZANNE SENS
Mémoires d'Hubert, écuyer de Janville
L'été dans la tourmente
Jehan du Besiau

« Policier »

ROBERT BOUDET
Du rififi dans les poireaux

MARIE-JEANNE BARBIER
Le secret du caniche

E.B.P.
La bague aux trois hermines

GIORDA
Les enquêtes de Mac et Maribé
Nouvelles enquêtes de Mac et Maribé

GERARD HUBERT-RICHOU
Walkman

JULIE MARIVEL
L'affreuse affaire Malabarre

AMELIE RANGE
L'ice cream était presque parfait

JACKIE VALABREGUE
Le secret du scarabée d'or

« Fantastique - SF »

ANNE BECHLER
L'année de
la Sauterelle

JACQUES BARNOUIN
L'Alerte Noire

ROBERT BOUDET
Objectif Terre !
Livre d'or, 1991

CLAUDE CENAC
Les robestiques

MARIE DUFEUTREL
Le lutin d'appartement
Le télépiège

CHRISTIAN GRENIER
Futurs antérieurs
Le satellite venu d'ailleurs

JACQUELINE HELD
Piège sur Orlanda

MIREILLE MAAGDENBERG
La bête des hachélèmes

MIETTE MARSOL
Fifine et le fantôme

GERARD MONCOMBLE
L'heure du rat
Prix Lire au Collège, 1988
Les yeux d'Oo

PIERRE PELOT
Le pays des rivières
sans nom

EMILY RODDA
Cochon vole !

JEAN-LUC SAUCET
L'étrange voyage d'Augustin, fils d'Oxymèle
Prix Octogones, 1991

FRANÇOIS SAUTEREAU
La petite planète

ROBERT BOUDET
Les mille vies
de Léon Camet

« Humour »

MAX DANN
Mon meilleur ennemi
Pour tout l'or du monde
Tabasse est amoureux

PHILIPPE DELERM
C'est bien !

BERNARD FRIOT
Histoires pressées
Nouvelles histoires pressées

THIERRY LEFEVRE
La terrible cuisine
de Benjamin

GERARD MONCOMBLE
Georges Bouton,
explomigrateur
L'héritage de Georges
Bouton

JEAN-LUC MOREAU
Mimi et le dragon

DEBRA OSWALD
L'incroyable Barry

« Société »

PHILIPPE BARBEAU
Le chat de l'ombre

ANNE BECHLER
Le trésor de l'île

NADINE BRUN-COSME
Lisa l'intruse
15e étage, porte droite : Léo

VALÉRIE DAYRE
Miranda s'en va

A.-M. DESPLAT-DUC
Le minus

PHILIPPE DELERM
La fille du Bouscat

SUZANNE MALAVAL
Le bel été de Pontabeille

HELENE MONTARDRE
Au pied du mur
Hilaire, Hilarie et la gare de St-Hilaire

DANIEL MEYNARD
Au pays du silence

CLAIRE ADELAIDE MONTIEL
Le paradis des « dgines »

CLAUDE MORAND
Dans dix jours moins trois heures

ELEANOR NILSSON
Le 89e chaton

MICHEL PIQUEMAL
Le jobard
Grand Prix du livre pour la Jeunesse, 1989
Prix St-Benoît, 1990

ODILE RIONDET
Sophie s'en va

AMELIE RANGE
Agathe ou le jardin du peintre

EVELYNE REYMOND
L'après-midi des dames

LANCE SALWAY
Le pays imaginaire

JACQUES VENULETH
Juste un coin de ciel bleu
Sélection "1 000 Jeunes Lecteurs", 1991
Matin d'orage
Le Père Noël et les enfants du désert

MARIE-CLAUDE YECHE COMBES
Grand-mère au pays des iguanes

ACHEVÉ D'IMPRIMER
SUR LES PRESSES DE L'IMPRIMERIE
PUBLI-OFFSET
MERCUÈS 46090 CAHORS

DÉPÔT LÉGAL : NOVEMBRE 1992
N° 921105